[이매진의 시선 06]

아빠의 아빠가 됐다

가난의 경로를 탐색하는 청년 보호자 9년의 기록

1판 1쇄 2019년 11월 11일 **1판 5쇄** 2024년 6월 20일
지은이 조기현
펴낸곳 이매진 **펴낸이** 정철수
등록 2003년 5월 14일 제313-2003-0183호
주소 서울시 은평구 진관3로 15-45, 1018동 201호
전화 02-3141-1917
팩스 02-3141-0917
이메일 imaginepub@naver.com
블로그 blog.naver.com/imaginepub
인스타그램 @imagine_publish
ISBN 979-11-5531-110-3 (03330)

• 환경을 생각해 재생 종이로 만들고, 콩기름 잉크로 찍었습니다. 표지 종이는
  앙코르 190그램이고, 본문 종이는 그린라이트 70그램입니다.
• 값은 뒤표지에 있습니다.
• 이 도서의 국립중앙도서관 출판시도서목록(CIP)은 서지정보유통지원시스템
  홈페이지(http://seoji.nl.go.kr)와 국가자료공동목록시스템(http://www.nl.go.kr/
  kolisnet)에서 이용하실 수 있습니다(CIP 제어 번호: CIP2019043427).

아빠의 아빠가 됐다

가난의 경로를
탐색하는 청년
보호자 9년의 기록

조기현 지음

이매진

2인분의 삶

초등학생 때 아버지와 어머니는 이혼했다. 나는 아버지에게 남았고, 여동생은 어머니를 따라갔다. 사춘기가 올 무렵이었고, 집은 좁았다. 억압적으로 느껴지던 4인 가족에서 자율적인 2인이 됐다. 학교에서는 아버지와 나를 '한부모 가정'이라고 불렀다.

아버지와 나는 서로 별 애착 없이 지냈다. 간간이 밥을 같이 먹었고, 자주 싸웠다. 싸움은 매번 무승부로 끝났으므로, 우리는 평등했다. 중학생이 되면서 따로 돈을 벌었다. 아버지는 자기 일을 했고, 나는 내 아르바이트를 했다. 각자 1인분의 삶을 해내며 살아갔다. 가난한 집안이 으레 그렇듯 나눠줄 자원이 없으니 부모가 자식의 삶에 개입하는 법이 없었다. 그게 좋았다. 내 삶의 모든 걸 내가 선택할 수 있는, 자유로운 인생이라고 생각했다.

스무 살이 된 나는 꿈이 많았다. 영화감독이 되고 싶었고, 댄서가 되고 싶었고, 작가가 되고 싶었다. 영상도 춤도 글도 조금씩 건드리며 살았다. 애초에 대학은 생각도 없었다. 학교에서 하는 공부가 지독하게 싫었고, 내 형편에 학자금 대출을 받으며 다닐 자신도 없었다. 지금 당장 대학을 다니지 않아도 괜찮았지만, 미래에 격차가 생길지 모른다는 예감이 나를 불안하게 했다. 그럴 때면 인터넷으로 고졸이나 중졸로 학력을 마친 감독이나 댄서나 작가를 검색하며 안심했고, 나도 열심히 하기만 하면 학력이 필요 없다고 다짐했다.

뭐라도 해보려던 스무 살에 아버지가 쓰러졌다. 2011년 일이다. 그 뒤 1인분의 삶으로 돌아가지 못했다. 아버지는 다시 일을 나가지 못했고, 대부분의 시간을 술에 취해 있었다. 저혈당증으로 환각에 시달리다가 또다시 쓰러졌다. 알코올성 치매 초기에 진입했다. 발등에 화상을 입었다. 그러는 동안 나는 병원에서 '보호자'로 불렸다. 공공 기관에서 복지 지원을 받으려 할 때는 '대리자'이거나 '부양 의무자'였다. 주위에서는 심심찮게 '효자'로 부르기도 했다. 어느새 2인분의 삶을 담당하는 '가장'이 됐다. 돈, 일, 질병, 돌봄이 자주 나를 압도하거나 초과했다. 고강도 저임금 장시간 노동을 해야 했고, 눈앞에 벌어지는 일들을 해결하느라 안간힘을 다했다. 외로움과 고립감이 뒤따랐다.

아픈 가족을 돌보는 일은 또래 친구들에게 낯선 문제였다. 어쩌다 내 이야기를 나누면 하나같이 어리둥절한 표정을 지었다. 젊은 또래에게 돌봄은 너무 먼 이야기였다. 그만큼 거리감이 생겼다. 대부분 겪어보지도 예상하지도 못한 일이었다. 나 혼자만 유별난 상황인 듯해서 점점 이 세상의 분류법에 들어가지 않는 내 고통을 외면하려 했다. 사회 문제로 호명되는 '청년'을 보면서 한동안 내가 '일반 청년'이 아니라고 생각하기도 했다. 청년은 학자금 대출로 힘들고, 대학을 졸업해도 취업 기회가 주어지지 않는 상태라고 생각했다. 제멋대로 행동하는 아버지의 부모처럼 살고 있어서 내게 청년이라는 말은 좀 어색했다.

그렇지만 나는 분명 청년이다. 어떤 직업적 성숙기에 들지도 않았고, 심지어 진로를 찾고 있는 사람이었다. 내가 무엇을 할 수 있는지 가늠하는 시간이 필요했고, 다양한 경험을 해보고 싶었다. 그러나 그런 시간을 벌기에는 아버지가 큰 짐처럼 느껴졌다. 내게 '청년'은 나를 설명하는 말이라기보다는 하나의 과제였다. 가족 돌봄과 가장 구실까지 맞물려서 청년이라는 과제는 충돌하거나 가중됐다. 지난 9년은 이러지도 저러지도 못하다가 간신히 샛길을 찾아 뭔가 해보려고 노력한 시간이었다. 9년의 기록을 써 내려갈수록 여전히 대답은 쉽지 않지만, 꼭 해야 하는 질문은 뚜렷해졌다. 아버지를 버리지 않으면서, 그렇다고 아버지의 삶을 관리하는 수준에만 머물지 않으면서 내가 원하는 삶을 살아갈 수 있을까? 우리는 희생이나 배제 없이 더불어 살아갈 수 있을까?

무엇보다 그런 고민을 나누려고 이 글을 썼다. 글을 쓰는 동안 간간이 돌봄을 경험한 사람들을 만났다. 돌봄에 관한 글을 쓴다고 말하고 다닌 덕에 자기 경험을 들려주는 사람들을 만날 수 있었다. 그때마다 우리는 서로 힘든 순간을 나눴다. 돌봄 상황에서 벌어진 혼란을 어떻게 받아들였는지, 그 혼란에 어떻게 적응했는지, 무엇을 실천했는지 이야기했다. 지나버린 과거의 일이 아니라 지금도 여전히 필요한 성찰이었다. 글을 쓰는 내내 만난 이들하고 나눈 이야기를 곱씹었다. 도대체 내 글이 누구하고 소통할 수 있을까 두려워하지 않아도 됐다. 그게 고마웠다.

지난날 내 이야기를 듣고 '어리둥절한 표정'을 지은 사람들도 자주 생각했다. 난생처음 들어본 '심각한' 이야기 앞에서 어떻게 해야할지 망설인 이들이었다. 미안했다. 곁에 있는 누군가가 돌봄 때문에 힘들어할 때, 고통을 외면하고 싶지는 않지만 어떻게 해야 할지 몰라 어리둥절해하는 모습은 안타까웠다. 내 이야기가 고통의 곁을 상상하는 계기가 될 수도 있다고 생각했다. 미안함을 갚으려고 더 열심히 썼다.

나 혼자만 겪는 유별난 상황이라고 생각하지 않기로 했다. 언제든 누구나 겪을 수 있는 일이고, 겪었지만 이야기되지 않는 경험이다. 또래들에 견줘 미리 겪었지만, 나보다 더 미리 겪은 소년 소녀 가장들이 있었다. 베이비 부머들은 지금 겪는 중이었다. 베이비 부머는 취업 준비 기간이 길어지는 성인 자녀를 부양하면서 노부모를 돌보는 이중 부담에 시달리고 있었다. 다르면서 같았고, 같으면서 달랐다. 이제 같은 점을 좀더 집중해서 봐야 한다.

양적 사실과 주장을 뒤섞은, 조금은 딱딱할 수 있는 프롤로그 〈네 ○○은 네가 치워라〉를 본문 안에 넣었다. 지금 한국 사회가 얼마나 다양한 돌봄 위기 상태에 직면해 있는지 써보려 노력했다. 내 경험을 사회화하려는 시도이고, 내가 겪은 희생과 성찰, 고통과 보람이 개인만의 문제로 읽히지 않기를 바라는 균형추다.

이야기가 부드럽게 진행되는 데 신경을 썼다. 흐름에 방해되는 요소들은 많이 제거했지만, 하고 싶은 말, 단상, 이미지 등을 사이사이에 쪽글로 넣었다.

마지막으로 에필로그에서는 내 경험을 기반으로 대안을 상상했다. 한국의 돌봄 정책, 해외 사례, 돌봄의 의미, 돌봄 논의의 주체 등 내가 여기저기서 읽고 보고 느낀 조각들을 모았다.

프롤로그

네 OO은 네가 치워라

"하나라도 해당된다면 지금 바로 연락주세요!/ 혼자 살고 있다/ 결혼 계획이 없다/ 가족이 없다/ 친구가 없다/ 퇴직을 했다/ 이혼을 했다/ 자녀가 독립했다/ 가족 중 누군가가 혼자 살고 있다/ 고시원 지하방 원룸에 살고 있다."

네 죽음은 네가 치워라

다원 예술 〈포스트 아파트〉의 한 대목이다. '포스트 보험 상품'이라는 1인 가구 고독사 처리 전담 보험을 소개하는 대목이다. 지금 한국 사회의 인구 위기와 관계 양상을 풍자한다.

관객은 '가족이 되어 드리겠습니다'고 적힌 가입 권유 전단을 받는다. 전단 아래쪽에는 이런 말이 쓰여 있다. '무연고 사망자 2017년 2008명! 2018년 지난해 총 2549명, 한 해 동안 27.5% 증가. 4년 동안 45.6% 증가, 1인 가구 비율은 2017년 28.6%, 서울, 부산은 이미 30%를 넘겼습니다.' 저출산, 고령화, 1인 가구, 가족 해체 등 귀가 닳도록 듣던 말들이 공포 마케팅의 언어로 뇌리에 각인된다. 너무도 현실적인 보험이 무대의 배우를 통해 관객에서 전해진다. 모두 웃어야 할지 울어야 할지 알지 못했다. 현재 한국의 인구학적 조건이 시장에서 상품화하기 알맞다는 점이 무엇보다 가장 무섭다. 죽음도 스스로 해결해야 한다. 네 죽음은 네가 치워라. 죽음은 똥처럼 취급받는다.

돌봄 위기 사회

한국은 고령화 사회다. 통계청이 2019년 3월 발표한 〈장래인구추계
— 2017~2067년〉에 따르면 2017년 65세 이상 고령 인구는 707만
명이고 0~14세 유소년 인구는 672만 명이다. 2025년이 되면 인구의
25퍼센트인 1000만 명이 고령 인구가 된다. 초고령 사회에 들어선다.
생산 가능 인구 100명당 부양할 인구를 측정하는 '총부양비'는 2017
년 36.7명에서 2067년 120.2명으로 증가할 전망이다.

　돈을 버는 사람보다 돈을 써야 하는 사람이 더 많아진다. 이런
상황에서 미래 세대의 사회적 부담과 세대 간의 갈등을 염려하는
시각이 나온다.

　인구 위기 속에서 세대 간 갈등은 어떻게 벌어질까? 돌봄 문제
를 떠올리지 않을 수 없다. 돌봄은 사람이 태어나고 늙고 아프고 죽
는 과정에서 반드시 필요하다. 많은 이들이 신체적으로, 정서적으
로, 경제적으로 누군가를 돌봐야 한다. 많은 사람이 돌봄을 수행하
고 있다.

　일본의 부모 돌봄 문제를 다룬 책 《나 홀로 부모를 떠안다》를
쓴 야마무라 모토키는 에필로그에 이렇게 적었다.

　"개호는 하지 않을 수만 있다면 하지 않는 것이 최고다. 그러나
현실은 그렇지 않다."

　당사자를 인터뷰해서 돌봄 때문에 개인의 심리와 일상과 관계

가 무너지는 현실을 확인한 결과였다. 저 말은 지금 우리에게도 통한다. 하지 않으면 좋겠지만, 현실은 그렇지 않다. 고령화 사회 또는 초고령 사회라는 인구학적 위기를 일상적이고 실제적인 측면에서 다시 바라봐야 한다. 돌봄은 어느 날 갑자기 시작되고, 겪기 전에는 모르던 일들이 벌어진다. 돌봄을 미리 준비할 수는 없을까?

가족 간병인 325명을 인터뷰한 결과를 보면 가족 간병으로 직장이나 학업 등 사회 활동에 제한을 받는다고 호소한 사람이 가장 많았다. '끝 모를 사막 속에 갇힌 듯한 간병 터널'에서 오아시스 구실을 할 수 있는 건 '휴식'뿐이며, 간병을 하다가 건강을 해치고 경제적 어려움에 빠졌다고 호소하기도 한다.●

한 개인이 타인에게 신체적, 정서적, 경제적 지원을 해야 하는 상황에서 고용, 의료비, 주거, 가계 부채까지 위기가 겹치는 상황은 얼마든지 가능하다.

전통적인 가족의 생산과 재생산은 해체되고 있다. 만혼, 이혼, 비혼이 점점 늘어난다. 2018년 출산율은 0.98명이다. 2017년 1인 가구 비율은 28.6퍼센트다. 고독사 또는 무연고 죽음이 입길에 자주 오르내린다. 가족을 부양해야 한다는 의식이 약해지는 현실은 당연하다.

부모 부양은 '가족이 해야 한다'는 비율이 1998년에 89퍼센트였

● 탐사기획부, 〈[간병살인 154인의 고백] 간병하다 건강 해치고 생활고…숨 좀 돌릴 여유 있었으면, 제발〉, 《서울신문》 2018년 9월 10일.

지만 2016년에는 30.6퍼센트로 떨어졌다. '스스로 해결해야 한다'는 비율은 8.1퍼센트에서 18.7퍼센트로 올랐고, '사회가 해결해야 한다'는 비율은 2퍼센트에서 50.8퍼센트로 올랐다.•

　돌봄 문제를 '사회가 해결'하려고 2008년 노인장기요양보험 제도가 도입됐다. 그렇지만 이 제도는 50대 여성 요양보호사들의 나쁜 노동 여건과 낮은 임금에 기대어 유지되고 있다. 저임금 여성 노동자의 희생이 돌봄 문제를 해결하는 가장 큰 자원인 셈이다. "과거 가부장제가 공고하던 시절 노인에 대한 돌봄은 가족 간 권력 위계에서 가장 취약한 며느리의 몫이었다. 2019년 현대 자본주의 사회에선 저임금 여성 노동자들이 그 자리를 대체한다."••

　'스스로 해결'할 수 있는 노후 대비는 더욱 악화했다. 2018년 기준 50대 이상 세대의 평균 은퇴 나이는 56세다. 은퇴 뒤 노후를 스스로 준비하려고 자영업에 뛰어든다. 통계청이 발표한 〈2017년 9월 경제활동인구조사 비임금근로 부가조사 결과〉에 따르면 60세 이상 자영업자가 2년 동안 14만 명 늘었다. 2016년 기준 65세 이상 인구 중 중위 소득 50퍼센트 미만의 상대적 빈곤율은 43.7퍼센트이며, 2017년 70~74세 고용률은 33.1퍼센트다. 한국인은 나이가 들어도 일해야 한다. 보건복지부가 낸 〈2019 자살예방백서〉에 따르면, 2015년 기준 65세 이상 노인 자살률은 10만 명당 58.6명이다. 경제협력개발기구^{OECD} 평균의 3배를 웃도는 1위다.

　'네 ○○은 네가 치워라'는 인구 위기 시대의 지상 명령이다. ○○

에는 노후, 죽음, 아픔, 간병, 돌봄, 부양, 수발, 간호 등이 들어갈 수 있다. 돌봄이 필요한 사람은 돌봄을 받지 못하고, 돌봄을 수행하는 사람은 자기 삶이 위태로워지고, 돌봄 관련 공적 제도는 50대 여성 노동자의 희생을 바탕으로 유지된다. 악순환이 반복된다. 돌봄은 누군가를 보호하며 관계 맺는 방식이라고 보기 어렵다. 돌봄과 '위기'는 동의어다. 이런 악순환을 '돌봄 위기 사회'로 부를 수 있다. 돌봄이 필요한 자와 돌봄을 수행하는 자, 돌봄 노동자가 모두 누군가의 공백을 누군가의 희생으로 메운다.

악순환을 끊어야 한다. '돌봄의 사회화'는 돌봄의 위기를 해결하려는 시도다. '아픈 사람이 돌봄을 필요로 할 때 돌봄을 받아야 한다', '아픈 가족을 돌보는 사람의 희생을 당연시하지 않아야 한다', '돌봄 노동자의 노동 조건을 개선해야 한다'고 말들을 한다. 너무 당연해서 따분하게 들리는 이 말들이 당연하지 않은 사회에 우리는 살고 있다.

● 김유경, 〈사회변화에 따른 가족 부양 환경과 정책 과제〉, 《보건복지포럼》 2019년 5월호, 한국보건사회연구원.

●● 권지담, 〈"앉지 말고 뛰어다녀" CCTV는 요양사도 따라다녔다〉, 《한겨레》 2019년 5월 15일.

'청년' 세대와 '돌봄'

문재인 대통령은 장모가 치매를 앓는다는 사실을 알리면서 자기도 돌봄 당사자라는 점을 강조했다. '치매 국가 책임제'는 중장년 세대에게 가장 절실한 정책이다. 베이비 붐 세대와 586 세대는 돌봄과 부양의 당사자다. 노부모를 부양하면서 장기 미취업 상태인 자식도 부양해야 한다. 나이가 들면 문제는 더 심각해진다. 경제 호황기에 재산을 축적한 베이비 붐 세대가 나이들어 쓰게 될 실버 용품이나 복지 용구가 큰 시장을 형성하게 된다고 말하기도 한다. 더 중요한 문제가 있다. 그 세대를 누가 돌봐야 하느냐는 물음이다.

그 세대들의 자식 세대인 '청년'에게 '돌봄'은 아직 먼 이야기다. 미취업 기간이 길어지고, 짧은 계약 기간 때문에 고용 불안에 시달리며, 나쁜 노동 조건이나 문화적 차이 등으로 퇴사를 결심한다. 창업가, 프리랜서, 대학원생, 예술가 등 진로는 다양해도 불안은 엇비슷하다. 20~34세인 청년의 62퍼센트가 부모에게 의존하고 있다고 답했다. 52.8퍼센트는 주거와 경제를 모두 의존하고, 3.6퍼센트는 주거는 독립했지만 경제는 의존하고, 4.6퍼센트는 주거는 의존하지만 경제는 독립했다.●

'신캥거루족'이라는 말까지 나온다. 결혼한 뒤에도 주거 부담과 육아 문제로 부모하고 함께 사는 세대를 이르는 말이란다. 부모 세대의 노후 대비 부담은 더욱 커졌다. 경제적 자립이 머나멀고 부양

의식이 약해지는 시점에서 청년은 부모 세대를 돌볼 수 있을까.

청년은 겉으로 볼 때 여전히 뻔지르르하고, 젊음의 생기는 무엇이든 할 수 있다는 환상을 준다. 그런 환상에 기대어 청년들을 왜 지원해야 하느냐는 비판이 나오고, 무엇이든 할 수 있다는 사실을 모르는 청년이 의존적이고 속 편한 일자리만 고르느라 취업을 못한다는 말이 흘러나오기도 한다. 소득 빈곤율 지표에서도 청년 빈곤율은 그리 높지 않다. 여기서 청년의 85퍼센트가 부모하고 동거한다는 사실을 잊어서는 안 된다. 다른 가족들이 버는 소득이 합해지기 때문에 청년의 실제 삶을 반영하는 지표가 되지 못하는 소득 빈곤율 대신 다차원적 빈곤율로 생애 주기별 빈곤을 측정해야 한다. 청년의 삶을 경제력, 주거, 건강, 고용, 사회문화적 자본, 안정성이라는 6개 차원으로 측정하면 경제력, 고용, 안정성 영역에서 중장년과 노인에 견줘 높은 빈곤율이 나타난다.[**] '노오력'과 '존버'로 1인분을 잘해내기는 쉽지 않다.

이런 상황에서도 여전히 청년은 미래 세대로 여겨진다. 단순히 생산 가능 인구라는 호명에서 그치는 '미래'가 아니라면, 미래를 구

[*] 이상서·박효연·이한나, 〈[카드뉴스] 없혁사는 자식들…부모 노후 준비는 꿈〉, 《연합뉴스》 2019년 5월 30일.

[**] 김문길 외, 〈청년빈곤의 다차원적 특성 분석과 정책대응 방안〉, 한국보건사회연구원 연구보고서, 한국노동연구원, 2017.

체적으로 싱싱해야 한다. 돌봄, 노후, 질환, 죽음은 필연적으로 다가온다. 우리는 그 미래를 좀더 구체적으로 상상하고 대비해야 한다.

'청년'과 '돌봄'에 관해 이야기하기

'청년'과 '돌봄'에 관한 논의가 아예 없지는 않다. 사회복지 분야에서 청소년, 대학생, 에코 붐 세대(베이비 붐 세대의 자녀 세대를 이르는 말) 등의 노인 부양 의식을 다룬 논문이 여러 편 나왔다. 노인에 관한 세대 공감, 가족 친밀감, 고령 친화 환경이 청년의 부양 의식에 미치는 영향을 살피거나,* 청년이 지닌 노인 이미지와 친밀감이 노인 부양 의식에 영향을 미치는지를 연구한다.** 이런 연구는 여전히 공적 제도가 공백인 지점에 가족주의적 미봉책을 내놓고 있다. 청년 세대론에서 청년의 진짜 목소리가 빠져 있듯이, 청년이 떠맡게 될 미래의 돌봄 문제에서도 청년의 목소리는 들리지 않는다.

국민연금과 미래 세대의 문제를 논의하는 문유진 복지국가청년 네트워크 대표는 작으나마 돌봄 문제에 관해 청년의 목소리를 냈다. 국민연금이 미래 사회가 직면한 노인 부양 부담의 문제를 해결하는 데 도움이 될 수 있는 막강한 자원을 가지고 있다면서 문 대표는 말한다. "국민연금 기금의 사회투자를 통해 사회주택을 건설하고 보육 시설과 장기요양시설을 확충함으로써 주거비, 양육에 대한 부담,

그리고 노인 돌봄 비용을 경감시킬 수 있다."••• 청년의 '자립'은 단순히 경제와 주거의 독립 정도로 환원할 수 없다. 지금 여기에서, 구체적인 미래인 돌봄 문제를 중심으로 '자립'을 재구성해야 한다.

　미래의 당사자라서 청년이 돌봄 문제를 논의해야만 하는 상황은 아니다. 지금 청년들의 관심사와 돌봄이 함께 이야기돼야 할 필요 때문이기도 하다. 현재의 행복을 즐기는 '욜로'나 소소하고 확실한 행복을 추구하는 '소확행', 일과 삶의 균형을 강조하는 '워라밸'처럼 유행하는 라이프 스타일은 1인의 자율적 삶을 전제로 하는 탓에 돌봄 문제하고 충돌하는 듯 보인다. 돌봄은 현재를 즐길 시간이나 여유를 빼앗아간다. 소소하고 확실한 행복보다 눈앞에 벌어지는 일들을 처리해야 할 수도 있고, 누군가를 돌보느라 일과 삶의 균형은 꿈도 못 꾸게 될지도 모른다.

　그렇지만 라이프 스타일과 돌봄 문제가 충돌할 때 해결 방안을 미리 생각해볼 수 있지 않을까? 오랜 시간을 두고 논의하고 숙고해서 해결책을 마련할 수는 없을까? 라이프 스타일과 돌봄은 정말 양립할 수 없을까?

● 임정숙·정순둘, 〈노인 부양의식에 영향을 미치는 요인: 청년세대와 중년세대 비교를 중심으로〉, 《한국가족복지학》 58권 0호, 2017.

●● 최세영, 〈에코붐세대의 노인부양의식에 관한 연구〉, 《임상사회사업연구》 제14권 제1호, 2017.

●●● 문유진, 〈국민연금의 형평성을 강화하는 몇 가지 방법〉, 《비즈니스워치》 2019년 3월 11일.

청년이 논의하는 주체가 될 때 정상 가족의 틀 안에서만 이야기 되던 돌봄을 밖으로 끄집어낼 힘도 생길 수 있다. 4인 가족이 구성되고 자녀가 부모를 봉양한다는, 가족 재생산을 기초로 한 가족 복지 관점은 더는 유효하지 않다. 그런 관점이 폐기되는 과정에서 정상 가족을 의심하는 주체들의 목소리가 중요하다. 결혼 제도에 편입되지 않는 비혼이나 동성 커플, 혈연이 아니라 가치관이나 라이프 스타일에 따라 대안 공동체를 만드는 가족구성권, 그런 현실에 법적 지위를 부여하는 생활동반자법 등에 더해 돌봄 문제도 함께 논의해야 한다.

눈앞에 닥친 갈등이나 미래에 다가올 문제에 대비해 다양한 돌봄 위기 상황을 상상해볼 수 있다. 중요한 면접을 코앞에 둔 때 부모를 돌봐야 하는 상황이 닥치면? 프로젝트 총괄 담당자인데 중증 질환으로 부모가 갑자기 쓰러지면? 퇴사를 앞두거나 진로를 모색해야 하는 상황에서 누군가를 부양해야 한다면? 돌봄 상황이 닥칠 때 가족 안에서 내가 어떤 구실을 맡아야 할까 미리 고민하는 일은 미래를 대비하는 출발점이 될 수 있다. 돌봄은 어느 날 갑자기 닥치기 때문이다.

청년 세대의 관심사와 돌봄이 교차하면서 이슈가 확장되려면 미래의 돌봄 당사자인 청년들이 더 많은 이야기를 해야 한다. 무엇보다 전 세대가 함께해야 한다.

'자녀 및 부모 부양상 어려움', '경제적 어려움', '가족원의 갑작

스런 질병', '중독 및 우울증 등 정신적 문제' 등 다양한 문제 때문에 발생하는 가족 부양 위기를 조사한 연구가 있다. 가족 부양 위기를 경험한 조사 대상자 691명의 16.3퍼센트가 20~29세이고, 17.4 퍼센트가 30~39세다.● 고령층에 견줘 낮은 편이지만, 청년 돌봄 사례가 아예 없지는 않다는 얘기다. 그중에서 가족 돌봄을 해야 하는 20~39세 비율은 64.3퍼센트다.

가장 큰 어려움은 '가족 안에 의존할 사람이 없음'(30.9퍼센트)과 '어디에 의논하거나 도움을 요청해야 할지 알 수 없음'(33.2퍼센트)이다. 적절한 시점에 도움을 받지 못함'(12.4퍼센트), '가족 안에 물적 자원이 부족함'(10.6퍼센트), '친척·친지/이웃·지인 중에 우리 가족을 도와줄 사람이 없음'(8.5퍼센트)이 뒤를 잇는다.

돌봄 사회를 고민하기

돌봄은 무엇보다 삶의 방식이며, 관계 맺음이고, 함께 더불어 살아가겠다는 의지다. 돌봄을 통해 세상을 보는 관점도 달라진다. 돌봄을 긍정적으로 보기는 쉽지 않다. 삶의 위기가 올지 모른다는 공포

● 김유경, 〈사회변화에 따른 가족 부양 환경과 정책 과제〉, 《보건복지포럼》 2019년 5월호, 한국보건사회연구원.

를 먼저 느낀다. 돌봄 위기 사회에서는 돌봄이 필요한 자가 돌봄을 받지 못하거나, 돌봄을 받더라도 존엄을 해치는 사례가 널리 퍼져 있다. 돌봄을 하는 자의 일상은 균형이 파괴되고 돌봄 스트레스가 극심해진다. 얼마 전부터 일본 사회를 뒤흔드는 '간병 살인'은 돌봄 위기의 공백을 메우던 개인이 강요당한 최후의 선택일 뿐이다.

돌봄 또는 돌봄 노동에 관한 인식이 바뀌어야 한다. 한국여성민우회는 부모 돌봄 경험을 지닌 여성을 만나 돌봄 분배 문제를 논의하고 있다. 돌봄에도 정의와 민주주의가 필요하다고 주장하고, 성별 역할 분담, 가족주의, 공적 제도 등에 관한 문제의식을 전한다. 생애문화연구소 옥희살롱은 나이듦, 아픔, 돌봄, 죽음에 관해 젠더적이고 인문학적 시각 아래 다양한 관점을 제시한다.

2012년 대선에서는 좌우 가리지 않고 '복지국가'를 들고나왔다. 많은 사람이 더 나은 삶을 위해 복지국가가 필요하다는 데 공감한다. 복지국가는 복지가 양적으로 늘어난 국가만을 의미하지 않는다. 양적 복지가 늘어나면 더 나은 삶이 보장된다는 법은 없다. 더 나은 삶을 위해 삶을 재정의해야 한다. 장수, 건강, 웰빙 같은 말에 가려 잘 안 보이던 아픔, 질병, 돌봄, 죽음을 문제로 받아들이고 응시해야 한다.

태어나고 늙고 아프고 죽는 삶에서 돌봄은 '정상'적인 과정이다. 이 과정이 때때로 '비정상'적 예외 상태로 느껴지는 오늘을 성찰해야 한다. 돌봄 문제를 다시 삶 속에 끌어들일 때, 질적 변화는 시작될 수 있다. 돌봄을 받고 돌봄을 주는 일상이 우리 삶의 필수 요소라는 사실을 인정하자. 돌봄 위기 사회를 넘어 돌봄 사회로 나아가자.

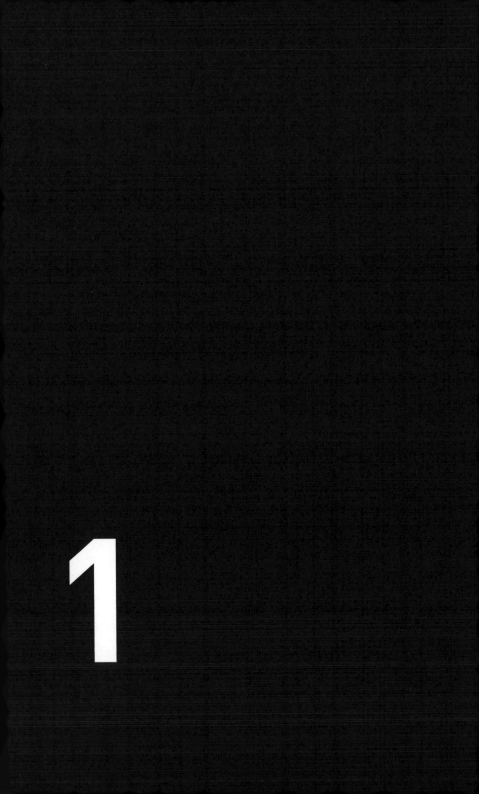

1

아빠를 찾지 못할 거라는 확신이 들었다

꿈 1

내가 전화를 받았던가, 하고 있었던가
아빠였다 '아빠 어디야?'
전화기 너머로 '아이고, 아이고, 기현아' 앓은 소리가 전해졌다
아주 멀리 있는 지방 어느 공단에 갇혀 있었다고 했다
오랜 시간 굶어 곧 죽을 거 같다고 했고,
사방에 불이 붙어 못 나가고 있다고 했다
말라버릴 것 같은 배고픔도, 다 삼켜버릴 듯한 열기도 내게 생생하게 전해졌다
나는 금방 거기까지 갈 차가 없었다
미로 같은 공단에서 아빠를 찾지 못할 거라는 확신이 들었다
아빠가 굶어서 혹은 불타서 죽어갔는데, 아무것도 못했다
잠에서 깼다.

#01. 아빠가 쓰러졌다

응급실 입구를 한참 찾아다녔다. 대학 병원의 거대한 내부를 비집고 다니다가 겨우 응급실에 들어섰다. 사방을 두리번거리고 있는데 누군가가 등 뒤에서 어떻게 왔는지 물었다.

"저, 저는 아빠를 찾는데요."

커튼을 친 병상이 눈에 들어왔다. 커튼 아래에는 바지와 양말을 담은 파란 비닐봉투가 놓여 있었다. 아빠였다. 요 몇 주 동안 연희동으로 2층 양옥집을 수리하러 다녔다. 일하다가 쓰러졌다. 같이 일하는 동료가 심폐 소생술을 했다. 119를 불렀다. 그 아저씨는 응급실에 와서야 내게 전화를 걸었다.

커튼 안으로 들어갔다. 아빠는 알아듣지 못할 말을 내뱉고 있었다. 입 밖으로 흘러나오는 침을 어쩌지 못했다. 얼룩진 손은 시멘트 범벅이었다. 흘러내린 소변에 축축하게 젖은 바지와 양말을 벗긴

발은 이불로 덮여 있었다. 아빠가 하는 말 아닌 말을 알아들으려고 귀를 기울였다.

"뭐라고? 뭐 필요하다고요?"

몇 번을 되묻고 나서야 아빠가 대화할 수 있는 상태가 아니라는 걸 알았다. 눈을 똑바로 뜨고 웅얼거리는 아빠의 모습이 낯설어서 몸 둘 바를 몰랐다. 침을 닦아주고 이불을 좀더 여몄다.

"김 씨! 김 씨!"

다시 들려오는 말에 귀를 기울였다. 아빠가 어떤 상황 속에 있는지 어림잡았다. 김 씨를 열심히 부르더니, 몇 자를 더 쌓고 어떻게 처리하면 마무리가 된다고 설명했다. 아빠의 정신은 아직 일터에서 일하고 있는 모양이었다. 때때로 은밀한 성적 욕망이 불쑥 말이 됐다가 뭉개져 사라졌다. 의사가 다가왔다.

"보호자이신가요? 아드님?"

"네, 제가 보호자예요."

"어머니는 오고 계시나요?"

어릴 때 이혼해서 내가 보호자라고 대답했다. 보호자가 뭐에 써먹는 건지도 잘 들어오지 않았다. 내가 보호자라는 사실을 확인한 의사가 설명을 시작했다. 아빠가 지금 내뱉는 말은 섬망 증상이다. 심각한 상태다. 한시라도 빨리 중환자실로 옮겨야 한다. '중환자실'이라는 말을 듣자 아빠가 곧 죽을 수도 있다는 생각이 들었다.

"하지만 그전에 원무과에 가서 입원 수속을 밟아야 합니다."

의사는 원무과로 가는 방향을 일러줬다. 죽음이 상기됐다. 뭐든 시키면 시키는 대로 할 마음의 준비를 했다. 서둘러 뛰어갔다.

원무과에서 입원 약정서를 내밀었다. 아빠의 인적 사항을 적어 내려가다 '연대 보증인'란에서 멈춰야 했다. 중환자실 입원비가 만만치 않아서 보증이 필요했다. 보증을 서려면 나이가 만 24세 이상이어야 했다. 나는 이제 막 스무 살이 된 참이었다. 발을 동동 구르며 원무과 직원에게 다른 방법이 없는지 물었다.

"제가 보호자인데, 아직 만 24살이 안 됐어요."

"그럼 친척이라도 데리고 오세요."

아빠를 간호하고 병원비를 마련하는 일은 내 몫일 텐데, 입원 서류는 쓰지 못했다. 그동안 별다른 교류도 없던 친척들에게 전화를 해야 하나 망설여졌다. 피가 얼마간 섞인 뿐이지 남보다 더 껄끄러운 관계처럼 느껴졌다. 휴대폰 전화번호 목록을 뒤졌다. 24세가 넘은 사람을 찾았다. 고등학생 때 다닌 청소년복지관에서 일하는 사회복지사의 번호가 보였다. 지난 주말까지 홍대 상상마당에서 영화 제작 수업을 같이 들은 30대 수강생 두 명의 번호도 저장돼 있었다.

함께 영화를 찍으며 가까이 지낸 한 사람에게 전화를 걸었다. 신호음이 울리는 내내 큰 실례를 저지르고 있다는 생각을 하다가도, 사람 목숨이 위태로운데 무슨 상관이냐 싶었다. 그 사람이 전화를 받았고, 나는 허겁지겁 이야기를 하기 시작했다. 다 듣더니 그 사람은 아무것도 되묻지 않고 말했다.

"빨리 가고 싶은데, 내가 직장이 좀 멀어서요."

병원까지 오는 데 족히 2시간은 걸린다고 했다. 자기보다 병원에 더 가까이 있는 다른 수강생을 추천했다. 그 사람이 안 되면 당장 오겠다고 말했다.

다른 수강생은 내 장황한 부탁에 부담을 느끼는 티가 뚜렷했다. 왜 지금 자기한테 이런 부탁을 하는지 묻고 또 물었다. 머뭇거리는 수화기 너머로 나는 부탁에 부탁을 덧대고 있었다. 내 주변에 아무도 없다는 사실을 알게 된 그 사람은 마지못해 30분 뒤에 다시 연락하겠다며 전화를 끊었다. 그 사람도 아직 모든 것이 불안한 취업 준비생일 뿐이었다.

내가 4년을 더 살지 못해서 아빠가 중환자실에 들어가지 못하고 있었다. 지난 주말까지 신나게 영화 얘기를 나누던 사람들에게 난데없이 입원 보증을 부탁하는 전화를 돌렸다. 방법 없이 헤매다가 결국 아무 해결책 없이 응급실로 들어갔다. 아빠 옆에 한 사람이 서 있었다. 페인트로 뒤범벅된 작업복을 입고 있었다.

"자네가 조 씨 아들인가?"

아빠 핸드폰을 뒤져 전화를 건 사람이었다. 아빠가 애타게 찾던 '김 씨' 아저씨였다. 김 씨 아저씨는 어떻게 된 일인지 알고 싶어했다. 마침 아저씨를 본 의사가 다가와 환자 상태를 설명했다. 김 씨 아저씨가 보호자인 나보다 더 보호자 같아 보였다. 설명이 끝나자마자 나는 입원 보증 얘기를 꺼냈다. 아빠 '조 씨'를 봐서라도 금방 써줄 듯했다. 김 씨 아저씨는 병원비가 많이 나오면 어떻게 갚겠냐고 물었다. 그러다 자기가 한 말이 못마땅한 듯 고개를 절레절레 흔들고 질문을 거둬들였다. 김 씨 아저씨도 나도 말없이 원무과로 향했다.

김 씨 아저씨가 '연대 보증인'란에 인적 사항을 적었다. 전화번호를 건네면서 아빠 상태를 알려달라고 했다. 아빠가 중환자실로 들어갔다. 위생과 배설에 필요한 물건을 사서 중환자실에 들여놓았다. 간호사에게 담당 의사를 만나고 싶다고 말한 뒤 중환자실 앞에서 기다렸다. 조금 뒤 만난 의사는 아빠가 살 수 있다는 말을 하지 않았다. 죽음을 준비해야 했다. 먼저 엄마에게 전화를 했고, 친척들에게 연락을 돌렸다.

"아빠가 쓰러져서 중환자실에 있어요."

수화기 너머에 있는 사람들이 어디 병원인지, 무슨 병인지, 어떻게 된 일인지 물었다. 마지막으로 중환자실은 면회 시간이 정해져 있다고 알렸다. 아빠 상태를 안 친척들이 다른 친척들에게 알리고, 그 친척들은 내게 전화를 걸었다. 네 사람 정도가 오겠다고 했다.

저녁나절이 되자 일찍 일을 마친 엄마가 여동생하고 함께 찾아왔다. 오후 면회 시간을 기다리며 함께 밥을 먹었다. 아빠가 죽으면 같이 살아야 하느냐는 말이 엄마 입에서 나왔지만, 나하고 동생은 어물거렸다. 내가 열두 살 때 이혼을 했으니 함께하지 않은 시간이 8년이었다. 그때로 돌아갈 수는 없었다.

저녁 6시 30분, 우리는 면회 시간에 맞춰 중환자실로 올라갔다.

소독약 냄새에 섞인 똥오줌 냄새가 은근하게 풍겼다. 삐삐거리는 기계 소리와 크게 들이마시고 내뱉는 숨소리에 몸이 움츠러들었다. 걷다가 어디 하나 잘못 건드리면 큰일날 듯했다. 누워 있는 환자들 사이에서 가장 새까만 얼굴을 한 아빠가 보였다. 입에 호흡기를 물고, 코에 영양제를 주입하고, 요도에 소변 줄을 끼고, 파르르 눈썹을 떨면서 흰자위를 드러냈다. 몇 시간 전만 해도 뙤약볕에서 일하던 사람이라고는 믿겨지지 않았다. 8년 만에 가족들이 한자리에 모였다.

#02. 1000만 원

눈을 피했다. 내가 어떤 말이든 할 차례인데 입이 떨어지지 않았다. 사회복지사는 내 대답을 기다렸다. 내 눈짓과 손짓 하나하나를 지켜보는 눈길이 느껴졌다. 내 몸짓들이 관찰돼 메시지처럼 전해지는 듯했다. 그럴수록 나는 더 말을 하지 못하고 유리 칸막이 너머를 바라봤다. 병원 로비는 사람들로 북적였다.

"아드님이 지금 방법이 없으시니까 제가 제안드리는 거예요."

맞는 말이었다. 나도 달리 방법이 없다고 느끼고 있었다.

"조금 정리가 되면 말씀해주세요."

병원비를 수납하라고 말하는 간호사에게 나는 돈을 마련하는 중이라고 답했다. 얼마 지나지 않아 중환자실 입원비는 200만 원을 넘겼다. 엄마는 돈으로 도움을 줄 형편은 아니지만 예전에 아빠 앞으로 실비 보험을 하나 들어뒀다고 했다. 내가 돈만 마련하면 실비로 70퍼센트 정도는 돌려받을 수 있었다.

머릿속에 돈을 마련할 만한 경로가 떠오르지 않았다. 수중에는 얼마 안 되는 현금뿐이었다. 가진 돈이 10배 정도로 불어나면 병원비를 낼 수 있을 텐데, 그동안 왜 돈을 모으지 않았을까 하는 후회가 밀려들었다. 아빠가 쓰러질 수 있다는 생각을 왜 하지 못했을까. 아니, 쓰러지면 돈이 들어간다는 걸 왜 몰랐을까.

가장 처음 병문안을 온 친척은 작은아빠였다. 아빠가 들려준 이야기를 떠올렸다. 아빠는 작은아빠를 막내라고 불렀다. 열여섯 살 아빠는 막내가 잘되기를 바랐다. 막내는 집안에서 유일하게 고등학교까지 나왔고, 기술을 배워 대기업 자동차 공장에 취직했다. 형제 중 가장 잘된 사람으로 매번 막내가 불려 나왔다. 벌써 울산에 집이 두 채라는 말이 친척들 사이에 나돌았다. 작은아빠에게 병원비를 바라는 마음은 도둑놈 심보 같다는 생각이 들기도 했지만, 아빠가 들려준 이야기를 떠올리면 한 시절을 의지한 사람의 병원비 정도는 기대할 수도 있었다. 내가 아니라 아빠에게 전하는 돈이니까 말이다.

작은아빠는 아빠 상태를 살핀 뒤 엄마는 오느냐고 묻고는 서둘러 울산으로 떠났다. 왜 돈 얘기가 나오기 전에 자리를 피하는 사람처럼 느껴졌을까. 이미 8년 전에 이혼한 엄마를 다시 호출하는 모습을 보면 아빠 곁에 있을 만한 어른이 그나마 엄마밖에 없다는 현실을 모르지는 않는 듯했다.

고모와 고모부도 일을 마치고 뒤늦게 병문안을 오겠다고 했다. 나는 집에 있다가 시간에 맞춰서 병원으로 향했다. 고모와 고모부는 아빠하고 가장 왕래가 잦았고, 나도 그나마 가깝게 느끼는 친척이었다. 중환자실 면회를 하고 나오는 길에, 이 둘도 또다시 재빠르게 사라지면 어쩌나 싶은 마음에 눈을 질끈 감았다.

"고모부, 병원비 좀 보태줄 수 있어요?"

몇 시간 전에 작은아빠에게 하려다가 너무 뒤늦게 내뱉은 말이었다. 고모부는 등을 지고 얼굴을 살짝 돌렸다. 팔자 주름이 미세하게 들썩였다. 말 없이도 불편해하는 속내가 얼굴에 다 보였다.

"아야, 우리 돈 없어야."

아빠 모아둔 돈 없냐, 네가 모르는 비상금 같은 게 있을 거 아니냐, 일하고 받은 돈 없냐, 통장은 확인했냐. 고모부는 묻고, 생각하고, 묻고, 또 생각했다. 고모부가 대안을 생각하는 늦은 저녁, 중환자실 복도는 고요하고 어두웠다.

"육이오 관련된 사람들 보상금 준다더라. 니그 할아버지가 육이오 후유증으로 돌아가셨으니까, 구청에 가면 보상을 받을 수 있다더라. 그걸로 병원비 내면 될 거 아니냐."

다음날 아침 찾아간 구청에서는 서류를 한 무더기 건네줬다. 서류를 내서 할아버지가 '육이오', 그러니까 한국전쟁에 관련이 있다는 사실을 증명해야 했다. 생전에 할아버지를 알고 지낸 사람들의 증언과 인적 사항을 기록했다. 몇 십 만 원을 받았다. 고모부가 한 말처럼 병원비를 낼 정도는 아니었다. 구청을 나와 서류 뭉치를 들고 버스를 기다렸다. 출근하는 사람들 모습이 낯설었다. 아무 탈 없이 출근하고 퇴근하는 삶들이 멀리 떨어진 곳에서 벌어지는 일처럼 내 곁을 자연스럽게 흘러 지나갔다. 넋 놓고 세상을 바라보는 짓 말고는 할 수 있는 일이 없어 보였다. 쓰레기통에 서류 뭉치를 버렸다.

아빠는 아직 젊었다. 장기들이 건강한 덕에 회복이 빨랐다. 생전 잡지도 않던 아빠의 손을 잡고 반응을 살폈다. 대답은 못해도 내가 말하는 기색을 알아채고는 손가락을 까딱하거나 눈을 깜빡였다. 의사는 곧 있으면 일반 병실로 옮길 수 있겠다고 희망 섞인 말을 했다. 중환자실을 나서기 전에 그런 희망에 걸맞은 값을 치러야 했다.

병원에서는 사회복지과를 찾아가라고 권했다. 사회복지사에게 아빠의 상태와 가족 사항을 설명한 뒤, 보증금 2000만 원에 월세 35만 원짜리 집에 살고 있으며 부채나 다른 재산은 없다고 말했다. 처음에는 구청에서 300만 원을 지원하는 긴급 복지 지원을 알려줬다. 이런저런 사항을 따져보다가 실비 보험에 가입한 사실도 말했다. 사회복지사는 실비 보험이 있으면 긴급 복지 지원은 안 된다고 했다.

그다음 기초 생활 수급자가 있었다. 아빠가 버는 수입이 일정하지 않고, 한 번에 400만 원이나 500만 원씩 받는다고 말했다. 사회복지사는 엄마가 버는 수입도 봐야 한다고 했다. 기초 생활 수급자가 되려고 거짓으로 이혼하는 가정이 많아서 어쩔 수 없다고 덧붙였다. 엄마가 군이 이혼한 아빠 앞으로 실비 보험을 들어놓은 상황이 의심을 받았다.

"엄마도 일은 하는데, 제가 도움을 받을 수는 없어요. 오히려 엄마가 카드값을 못 내면 제가 10만 원, 20만 원씩 빌려줬어요."

내 대답을 듣고 사회복지사는 그런 일도 '금전적 거래'라고 했다. 분리된 두 가정이라고 하기에는 실비 보험이나 금전 거래 등 교류한 흔적이 많았다. 영락없이 수급자가 되려고 거짓 이혼을 한 가정이었다. 내 앞에는 써보지도 못한 신청서들만 쌓였다.

"마지막으로 해볼 수 있는 게 한 가지 있어요. 사회복지공동모금회에 사연을 보내면 심사 과정을 거친 뒤에 의료비 지원이 가능해요. 저한테 이야기해주시면 제가 써서 신청해드릴게요."

머뭇거리는 나를 회유하는 듯한 사회복지사의 말에 내일까지 생각해보겠다고 대답하고 돌아 나왔다. 사연을 말해달라는 말을 들으니 긴급 복지 지원과 기초 생활 수급자 신청 앞에서 간절하던 마음이 사라져버렸다. 몇몇 서류로 증명되지 않는 사실을 사연으로 풀어내는 방식이 어쩌면 합리적인데도 내키지 않았다. 나를 사연이라는 온정적인 틀 안에 끼워 맞춰야 하기 때문이었다.

불쌍한 존재가 돼야 하고, 불쌍한데 착해야 하고, 그래서 지원이 더 의미 있어야 한다. 내 삶 전체를 가난으로 설명하고, 그 삶을 심사받아야 한다. 탁자에 앉아서 내 사연을 심사하는 사람은 나 같은 상황을 겪어봤을까. 차라리 서류 뒤에 숨어서 가난을 증명하는

쪽이 더 낫겠다는 생각까지 들었다. 가난하기 때문에, 이런 절차들 속에서 길을 헤매는 모욕은 마땅히 감수해야 했다.

밤새 간절함과 모욕감, 분노와 후회를 오갔다. 아침이 돼서야 결론을 냈다. 사연을 쓸지 말지를 고민하다가 절대로 건드리면 안 된다고 여기던 곳에 생각이 가 닿았다. 보증금이었다. 날이 밝은 뒤 집으로 가 3층에 올라갔다.

"주인 할머니, 저예요. 1층 오른쪽에 사는……."

나를 딱히 설명할 말이 없었다. 집주인 할머니는 월세가 밀리는 날 말고는 얼굴도 잘 보지 않는 사이였다. 그저 내 목소리가 잘 들려서 누군지 알아볼 수 있게 또박또박 말했다.

"누구여? 무슨 일이여?"

상황을 설명했다. 월세를 올리더라도 보증금을 반만 빼달라고 부탁했다. 할머니는 눈을 휘둥그레 뜨더니 소매를 걷었다. 미국에 사는 아들에게 연락해서 되도록 빨리 돈을 마련하마고 약속했다. 이튿날 1000만 원을 받았다. 태어나 처음으로 만진 큰돈이었다.

#03. 아빠 나이에 내 나이까지 더한 사람

6인실에 도착했다. 아빠가 정신을 차린 듯했다. 몸을 일으키려 했다. 아직 몸을 제대로 가누지 못하면서도 온 힘을 다해 발버둥쳤다. 간호사들이 달려왔다. 팔다리를 침대 양옆에 묶었다. 아빠는 빨갛게 충혈된 눈을 이리저리 굴렸다. 한참을 두리번거리다가 외지에서 고향 사람이라도 만난 듯 나를 쳐다봤다. 조금 안도한 모양인지 입꼬리가 올라갔다.

"아야, 기현아. 나한테 왜 이러냐. 이것 좀 어떻게 해봐라."

아빠는 턱을 삐쭉 들어 팔다리를 묶은 끈을 가리켰다. 나는 머뭇거리며 아무것도 하지 못했다. 지금 아빠하고 말을 섞어도 되는지 알 수가 없었다. 아빠 같지 않은 아빠가 아빠처럼 내 이름을 불렀다.

"아야 기현아!"

아무것도 하지 않는 나를 보며 아빠는 소리쳤다. 표정이 분한 건지 억울한 건지 모르게 일그러졌다. 자기 힘으로 끊어버리겠다는 듯 이를 악물고 양팔을 끌어당겼다. 몇 번 힘을 쓰다가 포기한 듯 움직임이 잦아들었다. 나는 간병인 침대를 꺼내 병상 옆에 앉았다.

"보호자 분."

"네!"

나를 부르는 소리가 아니었다. 이제 간호사나 의사가 보호자를 찾으면 자연스레 고개가 돌아갔다. 열흘 동안 서류 몇 장에 사인하고 아빠 상태에 관한 설명을 들었다. 아빠가 결정할 사안을 대신 결정하고 돈을 구하느라 쏘다니다 보니 어느새 '보호자'가 돼 있었다.

이제 집에 가서 옷가지와 생필품 등을 챙겨 와야 했다. 벌써부터 배설 문제가 걱정됐다. 아빠는 아직 일어서지 못하는 상태였다. 내가 아빠를 등에 업고 화장실에 앉히는 방법을 생각해보기도 했다. 그게 아니면 지금처럼 기저귀를 채우고, 싸고, 닦고, 새 기저귀를 채워야 한다. 살아 있는 사람이면 모두 날마다 싸는 똥오줌인데, 내가 치울 똥오줌이 내 것이 아니라 다른 사람 것이라는 사실 하나에 세상이 뒤집히는 듯했다. '비위도 약한데 어쩌지.' 머릿속에서 병시중 하는 내 모습을 상상하다가 그만 헛구역질을 하고 말았다.

응급실에 누운 아빠가 한동안은 똥오줌을 못 가릴 수 있겠다고 느꼈다. 중환자실에서 소독약 냄새에 똥오줌 냄새가 뒤따를 때부터 피할 수 없는 고민이었다. 생각만 해도 머리가 아팠다. 늙은 아빠의 똥오줌을 처리하는 내 모습은 아직 먼 미래의 일이었다. 관심도 없었고, 그래서 알려 하지도 않던 세계에 첫발을 떼야 하는 상황이었다.

"총각, 아저씨 침대 좀 봐요."

복도를 한참 왔다갔다하던 옆 환자 간병인이 손가락으로 아빠 침대를 가리켰다. 침대 위에는 각질과 머리털이 수북히 쌓여 있었다. 방금 전만 해도 깨끗한 새 침대보였다. 열흘 동안 씻지 않고 누워만 있어서 겹겹이 쌓인 각질이 떨어지고 머리털이 빠진 모양이었다. 얼굴도 며칠 전에 견줘 훨씬 더 늙어 보였다. 깜짝 놀라서 각질과 머리털을 손으로 쓸어 담았다. 아까 그 간병인은 그런 내 모습을 팔짱을 낀 채 바라봤다. 아빠의 힘없는 신체를 어떻게 대해야 할지 모르는 내 손이 방황했다. 기술학교에서는 용접 잘하는 야무진 손이었는데, 지금은 서툴고 어설퍼서 부끄러운 손이었다.

"아이고, 어머니는 안 와요?"

"네, 안 오세요."

간병인은 내게 가만히 있으라고 했다. 복도로 나가더니 새 침대보를 가지고 왔다. 그러고는 침대에 묶인 아빠의 팔과 다리를 천천히 풀었다.

"아저씨, 엉덩이 좀 들어볼래요? 이쪽으로 살짝 돌아볼래요?"

아빠는 낯선 간병인이 나긋나긋하게 하는 요구를 순순히 따랐다. 간병인은 각질과 머리털이 쌓인 침대보를 벗겨내 둘둘 말아 바닥에 내려놓더니 아빠에게 이런저런 동작을 요구하면서 새 침대보를 씌웠다. 그러고는 다시 아빠의 팔다리를 침대에 살며시 묶었다.

"아픈 사람 돌본 적 있어요?"

"없어요. 처음이에요."

"지금처럼 어설프게 하면 아저씨가 더 힘들어요."

간병인은 자기 같은 사람을 써야 아빠도 편하고 나도 편하다고 했다. 지금이라도 간병인을 쓰겠다고 하면 한 시간 안으로 일을 시작할 수 있다고 했다. 병원에서 한 정거장 떨어진 대림역 근처에 동료가 대기하고 있다고 강조했다. 24시간 8만 원.

사람이 아프면 들어가는 의외의 돈들을 생각했다. 대학 병원에서 교수 지위를 가진 의사가 담당의가 되면 특진비를 내야 했다. 뻔히 꼭 써야 하는 약품은 건강보험이 적용되지 않는 비급여 항목이었다. 중환자실에서 나온 뒤나 수술 뒤에 벌어지는 상황에 관해서도 아무런 이야기를 듣지 못했다.

도망치듯 간병인을 불렀다. 왜 사람은 꼭 아파야 하나. 왜 병원을 들락거려야 하나. 아빠는 왜 특진비를 내야 하는 의사만 담당하는 질병에 걸렸나. 아빠는 왜 비급여 항목이어야만 치료할 수 있나. 아빠는 왜 두 발로 일어서지 못하고 간병이 필요한가. 왜 병원은 이 모든 일을 해주지 못할까. 사람은 태어나고 아프고 늙고 죽는다. 지금까지 전혀 느끼지 못한 사실이었다.

30분도 채 되지 않아서 잠자리 안경을 쓰고 몸집이 작은 간병인이 왔다. 재중 동포였다. 양손에는 빵빵한 가방을 들고 있었다. 가방을 열어 푼 짐을 침대 옆 사물함에 채워 넣었다. 간병인은 칫솔과

치약, 물티슈, 바닥에 까는 기저귀를 더 사 오고 간호사에게 공깃밥도 하나 추가한다고 말하라고 시켰다.

시키는 대로 이것저것 사 왔다. 그사이 간병인은 생각이 바뀌어 있었다. 좀 전에 난동도 피웠다고 들었으니 하루 5000원을 더 쳐서 8만 5000원은 받아야 한다고 했다. 아빠는 중증 환자라서 단가가 올라갈 수밖에 없었다.

"8만 5000원으로 알고 있을게요."

침대 위에 수북이 쌓이는 각질과 머리털을 능수능란하게 치우고 배설물을 두려움 없이 닦아줄 사람이었다. 오히려 어설프고 두려워하는 일을 나 대신 맡아주는 그이에게 고마움까지 느껴졌다.

"아빠, 치료받는 동안 돌봐줄 분이에요. 말 잘 들어야 해요."

나는 병실을 빠져나왔다. 섬망 증세 때문에 부리는 난동, 아플 때 들어가는 의외의 돈, 사람은 누구나 아프고 늙고 죽는다는 사실, 그리고 간병. 한참 늙어버린 아빠에게 작별 인사를 하면서 내 안에 더부룩하게 채워진 낯선 체험들을 되뇌었다.

"여봐요. 총각!"

간병인이 빠른 걸음으로 다가왔다. 아빠 침대맡에 끼어 있던 이름표를 손에 쥐고 흔들고 있었다.

"나이가 잘못 써 있어요. 간호사한테 고쳐달라고 할까요?"

건네받은 이름표에는 '49세'라고 적혀 있었다. 고칠 필요가 없다고 말했다. 그 숫자가 아빠의 나이였다.

간병인은 흠칫 놀랐다. 자기보다 스무 살이나 어리다고 했다. 할아버지인 줄 알았는데 젊은 사람이니 빨리 회복하겠다며 웃었다. 나도 오랜만에 입꼬리를 올렸다. 아빠보다 스무 살이나 많은 간병인은 환자의 쾌유를 기원했다. 나는 아빠가 다시 난동을 부리지 않기를 바란다고 기원했다. 하루 8만 5000원을 받는 간병인은 아빠 나이에 내 나이를 더한 나이였다.

나는 아버지의 시든 발목, 혈관 깊숙이 빨대를 꽂아, 공들여 시를 뽑아먹었다. 시를 뽑아먹을수록 나는 통통해지고 아버지는 아무렇게나 툭, 툭, 부러졌다. 그게 마음이 아프다.

— 박연준, 《속눈썹이 지르는 비명》(창비, 2007)에서

글 쓰는 내내 시인 박연준이 한 말이 머릿속을 맴돌았다. 병든 아버지에 관해 주로 썼으므로, 박연준의 시는 아버지에게 느끼는 애증, 피로, 절망을 현현하게 전한다. 아니 여기저기 내가 투영할 수 있는 언어들이 포진해 있다.

　글을 쓰면서 아버지를 잘 묘사했다고 생각이 들면, 꼭 다시 시인의 말을 떠올린다. 아버지에 관한 글쓰기를 통해 나만 통통해지지 않기를 바란다. 잘 표현됐다는 성취감을 넘어 아버지 같은 사람이 이 세상의 눈에 띄게 해야만 아버지가 아무렇게나 툭툭 부러지지 않을 듯했다.

#04. 아빠의 아빠가 됐다

첫 지하철이 지나갔다. 새벽 5시 52분에 오는 두 번째 열차를 타면 9시가 되기 전에 공장에 도착할 수 있다. 두 번째 열차를 타려는 사람들이 역 안에 가득하다. 매번 같은 지하철을 타고 각자의 일터로 향하는 사람들이 서로 인사를 나눈다. 함께 가는 네댓 정거장. 고속 터미널역에 열차가 멈추면 사람들이 썰물처럼 빠져나간다. 터미널과 환승 통로로 나뉘어 묵묵히 자기만의 새벽길을 걷는다.

가장 큰 가방을 둘러멘 사람은 건설 노동자다. 가방에는 갈아입을 작업복과 갈아 신을 안전화가 담겨 있다. 1년 전만 해도 아빠는 이 무리에 껴 있었다. 새벽 출근길에 잠깐 모여 인사를 나누고는 일터로 향했다.

쓰러진 아빠는 조금씩 회복됐고, 다시 일을 나갔다. 쉽지는 않았다. 몸이 따라주지 않기 때문이었다. 하루 나가면 이틀을 꼼짝없이 누워 있기만 했다. 월세가 밀렸고, 공과금이 쌓였다. 결국 내가 몇 푼 못 버는 인터넷 강의 촬영 알바를 관두고 대형 쇼핑몰 시설 관리직으로 취직했다. 그 일을 해서 먹고살았다.

아빠의 하루는 단순했다. 집에서 찌개를 끓이거나, 산책을 하거나, 텔레비전을 봤다. 일이 인생의 전부였고 일 덕에 웃고 떠들 사람들을 만났는데, 모든 것이 한순간에 주저앉았다. 일상에서 인사를 나눌 사람도 없고 넘치는 시간을 채울 활동도 없었다. 연장은 오랜 시간 쓰지 않아 녹이 슬어갔다.

아빠는 언젠가 다시 일을 나갈 날을 기약하며 녹슨 연장을 기도하듯 갈고 닦았다. 어느 때보다 더 많은 술을 들이부었다. 찌그러진 막걸리병이 재활용 쓰레기봉투의 절반을 넘겼다. 머리를 굴려 같이 볼링도 치고, 포켓볼도 하고, 부루마블 보드 게임도 했지만, 어느 것도 아빠의 일상을 채우지 못했다. 아빠는 어질러진 일상 속에서 때때로 내게 크게 화를 냈고, 나는 보답으로 물건을 때려 부쉈다. 한 시간쯤 지나면 또 같이 밥을 먹었다.

1년쯤 시간이 지나자 아빠는 편의점 앞 테이블에 앉아 많은 시간을 보내는 사람이 돼 있었다. 그곳에는 아빠하고 비슷한 사람들이 몰려들었다. 과자 한 봉지를 안주 삼아 막걸리를 마시면서 몇 시간은 거뜬히 보낼 수 있는 곳이었다. 모두 늘 코가 벌겋고 눈빛이 바랬다. 전직 해병대 부사관이라고 말하는 아저씨는 길에서 딸을 마주치면 꼭 숨었고, 젊은 시절 사법 고시 1차를 패스했지만 교통사고를 낭해 뇌 반쪽이 사라진 아저씨는 잘 씻지 않아서 쉰내가 진동했다. 아빠는 그 두 아저씨를 자주 만나 인사를 나누고 시간을 보냈다. 그런 아빠가 밤새 들어오지 않을 때면 나는 동네 곳곳 편의점 테이블을 둘러봤다.

한번은 아빠가 잘 타지도 못하는 내 자전거를 끌고 나갔다. 새벽 3시에야 전화를 해서 어떤 사람이 자전거를 훔쳐 가려 한다며 다급하게 소리쳤다. 서둘러 달려가니 덩치가 산만 한 남자가 양손으로 아빠를 짓누르고 있는 모습이 보였다.

"야, 이 개새끼야!"

사납게 노려보며 그 남자를 밀쳐내고 땅바닥에 엎드린 아빠를 일으켰다. 남자는 내 눈치를 보면서 비틀비틀 도망갔다.

아빠를 부축해 집에 돌아오면서 초등학생 때 겪은 일이 떠올랐다. 어느 날 학교 뒷골목에서 얻어맞고 집에 돌아왔다. 아빠는 나를 데리고 가서 그 애를 혼내줬다. 미로 같은 달동네 골목을 헤매며 그 애 집을 찾아갈 때 아빠가 있어서 든든했다. 그때 감정이 지금 상황하고 묘하게 겹쳤다. '내가 아빠의 아빠가 되어버렸구나.' 아빠도 내가 든든했을까.

그사이 군대 갈 때가 됐다. 아빠를 혼자 내버려두지 않고 돈도 벌 수 있는 궁리를 해야 했다. 부사관 지원도 알아보고 면제받는 방법도 찾아보다가 '산업기능요원'이라는 병역 특례 제도를 알았다. 산업 현장에서 2년 10개월을 일하면 군 복무를 대체할 수 있었다.

여러 이점이 보였다. 월급이 꼬박꼬박 들어오고, 휴대폰을 쓰고, 집에도 왔다갔다할 수 있다. 월세, 공과금, 아빠 생활비를 댈 수 있고, 이제 막 넣기 시작한 적금을 깨지 않아도 됐다. 여윳돈을 만들어 책이나 영화를 마음껏 즐길 수 있어서 더 좋았다.

산업기능요원 자격 요건에도 잘 맞았다. 고등학생 때 기술학교에서 딴 자격증에 더해, 조기 취업 경력과 대형 쇼핑몰 시설 관리직 경력이 쌓여 있었다. 어렵지 않게 산업기능요원이 돼 충청북도 음성군 대소면에 자리한 어느 공장에 들어갔다. 일주일에 6일을 일했다. 토요일 밤에 시외버스를 타고 집에 왔다가 월요일 새벽에 다시 공장으로 가는 생활이 시작됐다. 사장은 도망갈지도 모르니까 한 달을 문제없이 일하면 산업기능요원으로 채용해준다고 제안했다. 2년 10개월이 아니라 2년 11개월을 공장에서 보내야 한다는 뜻이었다.

내가 할 수 있는 최선의 선택이었다. 이제 한 가정의 가장이다. 그 사실을 받아들여야 했다. 그러면서도 나는 월요일 새벽마다 밀물처럼 모여들어 썰물처럼 흩어지는 사람들 사이에서 지난날의 아빠를 찾아 두리번거렸다.

#05. 공장의 하루

"안녕하세요."

아침 8시, 기숙사를 나오면 트럭 앞에 사람들이 서 있다. 나도 그 줄에 선다. 내가 인사를 하면 담배를 태우던 재중 동포 운룡 아저씨가 활기차게 대답한다.

"응!"

스마트폰으로 태국 방송을 보던 논타왓과 타와차이가 고개를 들며 함께 외친다.

"싸와디깝!"

중국인 린푸핑도 황비홍처럼 양손을 모으며 웃는다.

"다거!"

언제나 나보다 늦게 나오는 몽골인 툽셔와 바츠카는 출근하기 싫어서 얼굴이 구겨져 있다.

곧 채 대리와 엄 주임이 나온다. 두 사람이 차문을 열고 앞좌석에 앉으면, 우리는 우르르 트럭 뒷좌석에 탄다. 새우잠 자듯 몸을 옆으로 틀고 사람 위에 또 사람이 앉으면 7명이 다 탈 수 있다. 이 트럭을 못 타면 인도도 없는 왕복 6차선 도로를 걸어가야 한다. 빠른 걸음으로 20분이고 그냥 걸으면 30분 정도 거리여서 다들 걸어 다니려 하지 않는다. 어쩌다 30초라도 늦으면 그대로 출발해버린다.

"짱깨 새끼! 걸어오라우!"

운전대를 잡은 채 대리는 트럭 뒤로 뛰어오는 사람이 보여도 액셀을 꽉 밟는다. 즐기는 듯했다. 인적 드문 도로 중간, 산속에 있는 공장에서 자기가 가진 권한을 마음껏 부리며 사는 사람이다.

공장에 도착하면 아침밥을 먹는다. 벌써 식당에 와서 자리잡고 있는 공장장 옆에 채 대리와 엄 주임이 함께 앉는다. 아침에 공장장에게 인사를 건네면 어떤 소리를 들을지 알 수 없다. 얌전히 인사를 받을 때도 있고, 밥맛 떨어진다고 화를 낼 때도 있고, 기분 좋으면 사람을 희롱할 때도 있다. 그렇다고 인사를 안 하면 욕부터 내뱉는다. 나는 인사를 하고 공장장이 무슨 말을 할 틈도 없이 바로 식판을 집는다. 뒷좌석에 앉아 온 사람들은 모두 식판에 밥을 퍼서 한 테이블에 모여 앉는다. 밥을 다 먹으면 조회 시간에 맞춰 생산 라인으로 간다.

주인 의식을 가지라는 말이 공장장의 입에서 나와 울려 퍼진다.

조회가 끝나면 모두 담배를 태우러 밖으로 나간다. 진기 공정을 담당하는 경식이 아저씨가 다가와 말을 건다.

"야, 내가 외국인 새끼들이랑 같이 어울리지 말라고 했지. 넌 왜 한국인들이랑 안 어울리고 꼭 그러냐. 그래서 니가 에이급이 아니라 비급인 거야, 비급. 저 버러지 같은 새끼들."

몰려 서 있는 외국인 노동자들에게 삿대질한 경식 아저씨는 대답도 듣지 않고서 슬리퍼를 질질 끌고 밖으로 나갔다. 아저씨는 외국인 노동자들을 '버러지'라고 불렀다. 그나마 자기보다 나이가 많고 말도 알아듣는 운룡 아저씨에게는 대놓고 뭐라고 하지 못했다. 외국인 노동자가 자기 비위에 맞지 않는 행동을 해서 화가 나면 버러지는 무서워서 피하는 게 아니라 더러워서 피한다면서 스스로 안정을 챙겼다. 언젠가 바츠카가 물었다.

"버러지, 뭐야?"

"버그, 버그."

바츠카는 주먹을 꽉 쥐고는 자기 나라말로 욕했다.

"경식, 비스따!"

공장에서 일하는 다른 아저씨들도 외국인 노동자들하고 어울리는 나를 마뜩잖게 여겼다. 30대인 채 대리나 엄 주임, 공장장하고 어울리라고 권유하거나 가르쳤다. 그 '젊은이'들은 나를 괴롭히려고 늘 안달이었다. 대답할 수 없는 질문을 반복했고, 답을 안 하면 자기를 무시한다며 나무랐다. 그래서, 어쩌라고, 뭐, 그런데, 같은 말들을 무한 반복했다. 일 이야기는 제대로 하지도 못했다. 어쩌다 내가 실수라도 하면 온갖 모욕을 줄 기회로 삼았다.

"책만 열심히 읽지 말고, 이 빡대가리야. 이런 걸 제대로 할 줄 아는 게 진짜야, 인마."

아무것도 제대로 알려주지 않으면서 욕만 해댔다. 그 젊은이들이 생산 라인의 모든 권한과 분위기를 좌지우지하니까 잘 보여야 했다. 어디 모난 데 없이 살려고 노력했고, 수치스러운 일을 당하면 더 수치스러운 일을 당하지 않으려 비굴해져야 했다. 그럼 그 사람들은 나를 상대하지 않았고, 그 틈에 잠깐 숨을 쉬었다. 군대를 대신해서 왔으니까, 어디 가지 못하니까, 장난감이나 다름없었다. 경식이 아저씨는 외국인들하고 어울리니까 비급이라고 말했지만, 나는 이 공장에 들어온 순간부터 내가 비급이 된 사실을 알았다.

동 배관을 자르고, 꺾고, 용접하고, 관 속에 질소를 넣는다. 완성된 제품을 랩으로 싸서 출고한다. 달궈진 배관에 팔을 데는 일은 다반사였다. 톱셔는 배관을 꺼내다가 턱을 찍혀 살점이 찢겨졌다. 공장은 병원비를 한 번 내주고는 어떤 조치도 취하지 않았다. 얼마 전까지 같이 일한 장석이는 배관을 꺾다가 손가락 3개가 으스러졌다. 누군가 다치면 공장 사람들은 다치는 사람이 멍청하다고 흉을 봤다. 이렇게 많은 사람 중에 자기만 다치니까 멍청하다고 말이다. 경식이 아저씨는 자기는 380볼트를 몇 번을 맞아도 괜찮다고 떵떵거렸고, 공장장은 위에 불려가 안전 관리 제대로 하라고 깨진다며 주의를 줬다.

안전 사고를 예방한다면서 상무는 폐회로 텔레비전^{CCTV}을 이곳저곳에 달았다. 공장 사람들이 동의하고 자시고는 문제가 아니었다. 며칠 지나자 상무가 말한 시시티브이 감상평이 조회 시간에 공장장의 입을 거쳐 전달됐다.

"시시티브이 사각지대에 가서 휴식하는 게 의심되니 그쪽으로 가지 마시랍니다. 월급 주는 시간에 쉬는 건 아니니까, 저도 동의하는 바입니다. 그리고 저쪽 라인 작업이 생각보다 더딘 거 같은데 속도를 좀더 내라고 하셨으니 명심하세요. 무엇보다 정신 차리고 다치지 않는 거, 그게 중요해요."

감시당한다는 사실에 모두 잠깐 투덜거리고, 묵묵히 일했다.

"들어왔다!"

저녁 6시, 밥시간을 30분 남겨두고 월급이 들어왔다. 옆 라인 아저씨들이 소리치면 그때 알아챈다. 화장실에 가서 스마트폰으로 입금 내역을 확인하니 200만 원도 되지 않는다. 일일이 계산하면 억울한 구석만 나오니까 최대한 모른 척하려 해도, 월급이 너무 적다. 여느 공장처럼 적은 기본급을 시간 외 수당으로 보충했다. 산업기능요원과 외국인 노동자들에게는 수당도 오락가락했다. 하루 13시간

일했는데, 야근이고 철야고 주말 특근까지 다 했는데, 감기라도 걸려 아파서 못하겠다고 하면 공장장이 온갖 욕을 하며 일을 시켰는데, 월급이 200만 원도 안 됐다.

공장에서 나는 산업기능요원보다는 그저 '군대 안 간 놈'이다. 처음 면접을 볼 때 이사는 말했다.

"군대에서 버릴 시간을 사회에서 더 생산적으로 쓰는 거야."

그 말이 '군대 안 간 놈'이라는 낙인을 내포하고 있는 줄은 그때는 몰랐다. 공장은 내게 군대 안 갈 혜택을 줬다고 생각했고, 그러므로 내 권리를 더더욱 쉽게 무시할 수 있었다. 군대 안 간 놈과 외국인 놈은 함부로 해도 되는 존재였다.

저녁밥을 먹었다. 지독하게 가지 않을 듯하던 하루가 겨우 지나가고 있었다. 새로 들어온 기계의 철판에 드릴로 구멍을 뚫는 일이 남았다. 이제 세 시간만 일하면 하루가 끝난다.

"아빠 오늘은 뭐 했어요?"

"뭘 하기는 뭘 해, 그냥 집에 있지."

"밖에 나가서 사람도 만나고 산책도 해요. 술 얼마나 먹었는데?"

저녁 무렵 전화를 받은 아빠는 술 얘기가 나오자마자 전화를 끊었다. 벌써 몇 병 마셨겠지. 곧 야근 시작이다.

영업을 마치고 뒤늦게 공장으로 들어온 이사는 생산 라인을 둘러본다. 40대에서 50대 여성들이 있는 자리에 가서 엎드리고 일하는 사람의 음부를 손가락으로 찌른다. 짧은 비명을 지르며 놀라 뒤돌아보면 이사는 온 공장이 쩌렁쩌렁 울리도록 웃는다. 옆에 있던 아저씨들도 같이 웃는다. 다 같이 웃고 떠들었다. 나중에는 이사가 공장에 들어오면 여성들이 화장실로 슬금슬금 피하고 말았다.

한번은 누가 고용노동부에 신고해서 성희롱 예방 교육을 받았다. 이사와 상무는 신고자를 잡아내려고 했다. 이사는 근로복지공단 윗선에 아는 사람이 있다면서 신고자는 각오하라고 엄포를 놓았고, 상무는 점심시간에 밥을 못 먹게 하더니 서부 영화에서도 뒤에서 총질은 하지 않는다며 화를 냈다. 결국 찾지 못했지만, 경식이 아저씨는 자기가 신고자라고 내게 털어났다. 외국인 노동자를 그렇게 무시하는 인간 말종이 나름 정의로운 일을 해서 신기했다. 하지만 성희롱 신고 사건 뒤에도 이사는 그런 일로 절대 기죽지 않는 사람이라는 점을 보여주기라도 하듯 꿋꿋하게 성희롱을 계속했다.

구멍을 뚫을 철판 바닥에 한쪽 무릎을 꿇었다. 가랑이 사이에 드릴을 쥔 뒤 표시한 부분에 대고 스위치를 눌렀다. 몇 백 개쯤 구멍을 뚫으면 오늘이 끝난다. 잠깐 딴생각을 하다가 바지가 드릴에 말려 들어갔다. 드릴 날이 허벅지 살로 파고 들어가 살갗이 벗겨졌다. 서둘러 바지 뒷주머니에서 손수건을 꺼내 상처를 눌렀다. 괜히 주위를 둘러봤다. 누가 멍청하게 다쳤냐고 말할까 싶어서 화장실로 갔다. 바지를 벗고 상처를 물로 씻어낸 뒤 휴지로 닦았다. 엄지손톱만큼 살이 벗겨져 있었다. 지혈이 되게 꾹 눌렀다. 조금 있다가 기숙사에 가 내 돈으로 산 소독약을 바르고 반창고를 붙이자는 짧은 계획을 세웠다.

10시, 퇴근 카드를 찍었다.

기숙사 욕실 앞에 줄 서서 씻고 침대에 앉았다. 먼저 허벅지에 소독약을 바르고 반창고를 붙였다. 오늘 들어온 월급을 공과금 통장과 적금 통장에 나눠 넣었다. 2년 11개월이 지나 소집 해제가 되면 적금을 깨서 영화를 배울 생각이다. 영화학교 수강료와 영화 배우는 동안 쓸 생활비가 필요하다. 공장 생활에서 넘쳐나는 위악을 영화로 만들고 싶다. 내가 당하는 만큼, 내가 비겁한 만큼 더 열심히 잊지 않을 생각이다.

이불 위에 상을 펴고 책을 꺼냈다.

"야, 불 꺼라!"

같은 방을 쓰는 사람이 말했다.

"아직 12시 안 됐는데, 지난번에 12시에 끄기로 했잖아요. 저 책 좀 읽을게요."

그 사람은 눈을 꼭 감더니 한숨을 푹 쉬었다. 내 앞에서는 온갖 위엄 있는 척을 하다가 뒤에서는 내가 밤마다 책을 읽는다며 비아냥거리고 다니는 놈이었다. 그런 소리를 듣고 공장장이 내가 실수라도 하면 책 읽는 머리 어쩌고 하면서 욕을 해댄다. 그 사람은 또 한 번 크게 숨을 내쉬었다.

"잘 들어. 여기가 아무리 사회라고 해도 너한테는 군대야. 아무리 계급이 없다고 그래도 너는 여기서 고분고분 잘 있어야 하는 거야. 여기가 만약 군대면 그렇게 여유롭게 책을 읽을 수 있었을 것 같아?"

그 사람은 양손을 깍지 껴 뒷덜미를 받쳤다. 천장을 보고 배를 깐 채 드러누웠다. 내가 불을 끄기를 기다리고 있었다.

#06. 검은 양복을 입은 허깨비

북적대는 사람들 틈을 비집고 버스에 몸을 밀어 넣었다. 이번 버스도 놓치면 또 30분을 기다려야 했다. 토요일 저녁이 되면 대소터미널에는 서울로 가는 사람들이 모여들었다. 충청북도 음성군 대소면에서는 일만 하고 사람은 대부분 서울에 가서 만났다. 나도 오랜만에 친구들을 만나러 가는 길이라 늦고 싶지 않았다. 아직 군대 안 간 친구, 일찍 갔다 온 친구, 휴가 나온 친구와 시간이 잘 맞아떨어져 다 같이 모이기로 약속했다. 친구들은 벌써 홍대에 모여 있었다. 휴가 나온 친구 따라 괜히 나도 휴가를 나온 기분이었다.

　버스에 오르고 자리에 앉아 아빠에게 전화를 걸었다. 받지 않았다. 한 번, 두 번, 세 번, 계속 받지 않았다. 혼자 술 마시다가 잘못된 게 아닌가 하는 생각이 가장 먼저 들었다. 그러다가도 모처럼 놀 수 있는 날에 왜 전화를 안 받아서 사람 불안하게 하는지 짜증부터 났다. 동서울터미널에 내려서 홍대로 가는 길에 집에 들러야 하나 고민했지만, 불안한 상상은 망상일 뿐이라고 추스르며 친구들에게 갔다. 주말이 지나고 또다시 공장에서 온갖 수모를 당할 일을 생각하면 오늘은 포상처럼 신나게 놀고 싶었다. 흥에 취해 지긋지긋한 모멸을 잊어야 했다.

친구들을 만나 고기를 구워 먹고 노래방을 갔다. 놀다 죽을 사람처럼 실컷 소리지르며 문득문득 아빠가 떠올랐지만, 휴대폰을 만지작거렸지만, 전화를 걸지 않았다. 버즈가 부른 노래들을, 싸이의 〈챔피언〉을, 크라잉넛의 〈말 달리자〉를 있는 힘껏 질렀다. 노래방을 나와서 3차를 가고 싶었지만 다들 돈이 없었다. 막차를 타고 친구의 집에 가서 술을 더 마시기로 했다. 편의점에서 안주와 술을 사 들고 친구 집으로 향했다.

"기현아, 검은 양복 입은 사람들이 계속 쫓아온다."

놀다가 지쳐서 다들 술잔만 홀짝거리며 누워 있을 때 아빠가 전화를 걸어왔다. 한참을 달린 사람처럼 숨소리가 거칠었다. 몇 시간째 검은 양복을 입은 사람들이 쫓아온다고 했다. 안기부 사람들 같으니 빨리 와달라면서 전화를 끊었다. 국가안전기획부가 왜 아빠를? 서둘러 다시 전화를 걸었지만 받지 않았다. 받지 않는 전화를 열 통쯤 걸면서 새벽에 벌어진 이 상황에 웃어야 할지 울어야 할지 몰랐다. 아빠는 도무지 전화를 받지 않았다.

집에 갈지 말지 망설였다. 오랜만에 마련된 노는 자리를 이렇게 파하기도 싫은 데다가 만에 하나 가벼운 술주정일 뿐이라면 더 화가 날 듯했다. 다시 전화가 올 때까지 기다리기로 했다. 편의점에서 산 양주가 쓰다며 인상을 팍팍 구기면서 마시고 있는 친구들 사이로 들어갔다. 게임 얘기, 연예인 얘기, 잘하면 500만 원 벌 수 있는 대학로 티켓팅 알바 얘기, 노래 부를 때 두성을 쓰는 얘기 등을 나누며 첫차를 기다렸다. 왁자지껄 떠들고 나니 어느새 동이 텄다. 친구들이 하나둘 잠이 들 때 나는 첫차를 타러 나갔다.

첫 지하철을 타고 집에 가는 동안 팔짱 끼고 앉아 밤새 자지 못한 잠을 보충했다. 현관문을 열었다. 아빠가 자고 있었다. 아빠 발밑에 누워 있던 우리집 강아지만 나를 반겼다. 강아지를 쓰다듬은 뒤 씻었다. 내 방 이불 속으로 스르르 들어갔다. 오후에 일어나서 아빠하고 같이 장을 봤다. 밥을 먹었다. 잠결에 내가 가장 원하는 우리집 모습을 그려봤다.

현관문이 활짝 열려 있었다. 집 안에는 아빠도 없고 강아지도 없었다. 아빠에게 전화를 걸면서 동네 이곳저곳을 돌아다녔다. 골목을 누볐고, 편의점 테이블을 살폈다. 얼마나 전화했을까. 아빠 목소리가 들렸다.

"아빠! 어디야! 어디냐고!"

"아야, 기현아. 지금 검은 양복 입은 사람들이……."

아빠가 말을 멈추더니 어디 부딪치는 소리가 들렸다. '어이쿠' 하는 신음이 들렸고, 전화가 끊겼다. 서둘러 통화 버튼을 눌렀다. 아빠가 여전히 손에 쥐고 있을지 모르는 휴대폰이 부르르 떨리기를 바랐다. 길고 긴 연결음 끝에 다시 아빠 목소리가 들려왔다.

"아빠, 끊지 마! 절대 끊지 마! 지금 어디야? 얘기해봐! 주변에 뭐 있는지 말하라고요!"

아빠가 미쳐버려서 아빠도, 아빠의 정신도, 우리집 강아지도 찾지 못할 듯했다. 골든 타임을 놓치면 길 잃은 사람을 못 찾을 가능성이 크다는 말도 떠올랐다. 발걸음이 빨라졌다.

"몰라. 지금 저기 저 새끼 또 차 안에서 막 사진 찍는다."

"주변에 있는 간판이라도 얘기해봐요. 간판 뭐 있는지"

"아야, 기현아, 빨리 오라니까. 양복 입은 사람들이 계속 쫓아와야……."

동네를 달리면서 아빠에게 말 좀 하라고 소리치다가 뒤늦게 전화가 끊긴 사실을 확인했다. 침착해야 했다. 통화라는 불안정한 연결 고리 말고는 아빠를 부여잡고 있을 방법이 없었다. 그나마 아빠는 잘 걷지도 못하니까 가봐야 거기서 거기다. 집 주변을 헤매고 있으리라 추측했다.

집에 들어가 편한 운동화로 갈아 신었다. 새벽 운동이라도 하듯이 가볍게 뛰기 시작했다. 아무리 돌고 돌아도 아빠의 그림자조차 마주치지 못했다. 계속 엇갈리고 있는 건가 싶어서 더 열심히 뛰어

다녔지만 소용없었다. 아침 해가 다 뜨니 사람들이 거리로 나왔다. 지쳐서 길가에 앉아 쉬고 있는 내 앞으로 순찰차가 지나갔다.

"아저씨! 지금 아빠를 잃어버렸어요. 같이 찾아주실 수 있나요?"

경찰은 어서 순찰차 뒷좌석에 타라고 했다. 그러고는 아빠를 잃어버린 정황을 물었다. 언제, 어디서, 무엇을, 어떻게, 왜를 하나하나 대답하기 시작했다.

"지난밤인 것 같아요. 아빠가 평소에 술을 자주 드시는데, 갑자기 사람이 쫓아온다고 도와달라고 전화가 왔어요. 술주정인 줄 알았는데, 지금 계속 찾아도 없어요."

아빠가 사라진 정황을 말하면서 뜨끔했다. 이렇게 큰일이 될 줄 모르고 놀려고만 한 내 마음을 꽁꽁 숨겨 깊숙하게 감췄다. 애써 이 상황에 성실하게 임한 양 마음을 가다듬었다. 괜히 누군가가 나를 혼낼 듯한 기분이 든 때문이었다. 스트레스를 풀려고 정신 나간 아빠를 내버려둔 사실을 알면 아무도 나를 용서하지 않을 듯했다. 순찰차 뒷좌석에 앉아서 아빠한테 전화를 거는 동안 사이드 미러로 경찰하고 눈을 마주치면 재빠르게 피했다.

"아빠! 어디에요?"

아빠가 전화를 받자 나는 다급해졌다. 주변에 무엇이 있냐고, 아무거나 보이는 대로 말해달라고 했다. 내가 아무 정보도 얻어내지 못하자 경찰은 기어이 내 손에서 휴대폰을 빼앗았다.

"아버님, 경찰입니다. 어디십니까? 주변 지형 특징이나 읽으실 수 있는 간판이 있으면 말해주세요."

"주변에 절이 있어요. 절."

천천히 동네를 배회하던 순찰차가 속력을 높였다. 이 동네에 절이라고 할 만한 장소는 한 곳뿐이었다. 아빠가 또 다른 곳으로 사라지기 전에 서둘러야 했다. 가는 길이 꽤나 멀었다. 집에서 2킬로미터나 떨어져 있었다. 검은 양복을 입은 허깨비는 튀어나온 보도블록에 걸려 넘어지던 아빠를 그렇게 잘 뛰게 만들었다.

절 근처에 도착해서 뱅글뱅글 도는데 풀을 뜯어 먹고 있는 강아지 한 마리가 보였다. 먼 곳에서는 몰랐는데 가까워지고 나서 우리 집 강아지라는 사실을 알아챘다. 밤새 달린 모양이었다. 곧이어 절 담벼락 뒤편에 아빠가 보였다. 양손으로 큰 돌을 들고 있었다. 아빠를 발견하고 차문을 열려고 했지만 순찰차 뒷문은 열리지 않았다. 차창 너머로 있는 힘껏 소리쳤다.

"아빠! 아빠! 여기야! 아빠!"

온갖 신경을 곤두세우고 있던 아빠도 차창 밖으로 희미하게 퍼지는 내 목소리를 들은 듯했다. 아빠가 내 쪽으로 고개를 돌렸다. 나를 발견하고는 들고 있던 큰 돌을 그대로 내려놓은 아빠는 옆에 주차된 승용차 안을 손가락질했다.

"저 새끼가 계속 쫓아와서 여기까지 왔어."

차 안에는 아무도 없었다.

길 잃은 강아지가 주인을 만난 듯 아빠가 내 옆으로 달려왔다.

아빠가 순찰차에 타자 강아지도 따라 탔다. 아빠는 강아지를 품에 안고 사방을 살폈다. 그러다가 내가 보이면 마치 나를 처음 발견하는 듯이 놀랐다. 혼자만 쫓기는 줄 알았는데 아들이 옆에 있어서 안심했을까. 아빠는 집에 가는 사이에 축 늘어져 잠이 들었다. 모든 것을 잃을 듯했는데 많은 것을 되찾은 기분이었다.

순찰차가 집 앞에 멈췄다. 나는 감사하다는 말을 연신 반복했다. 경찰들은 곁눈질도 하지 않고 아무런 대꾸 없이 차를 돌렸다. 보조석에 앉아 있던 경찰이 내뱉은 한숨 소리가 인사를 대신했다. 정신 나간 아빠를 내버려둔 나를 타박하는 한숨일까. 말아먹을 집 안의 치안을 담당하는 자기 신세가 한심하게 느껴져 내쉬는 한숨일까. 경찰차가 집 앞 긴 언덕길을 내려가고 있었다.

2

보호자는
원래 이렇게
외롭지

꿈 2

키우던 강아지가 갑자기 아프다
동물병원 의사는 말했다
'살 수 있는 확률이 얼마 없긴 한데 돈은 있으세요?'
자기 뺨을 긁적거리며 나를 위아래로 훑었다
나는 강아지를 품에 안았다
평소 알고 지내던 사람에게
강아지가 아프다고, 살 확률이 얼마 없다고, 수술비가 많이 든다고 말했더니
나를 차갑게 노려보기 시작했다
이 사람 이렇게 잔인할 줄 몰랐는데, 생각했다가
보호자는 원래 이렇게 외롭지, 생각했다

일어나자마자 강아지를 찾았다
곤히 잠들어 있었다.

#07. 넓고 깊은 바다 위에 호랑이와 나

"이제 여기서 할 수 있는 건 모두 했습니다. 보호자 분께서 투석이 가능한 대학 병원으로 갈지, 아니면 여기서 약물로 계속 치료를 해볼지 결정해야 해요."

의사는 선택을 하라고 말했다. 종합 병원에서 어떻게든 치료해 보려고 했지만 아빠는 투석을 꼭 해야 하는 상태였다. 아빠 몸에서는 급성 심근 경색이라는 폭탄이 터졌고, 의식 없이 중환자실에 누워 있었다. 요 몇 주 동안 아빠는 계속 환각에 시달렸다. 째깍거리는 초침 소리를 미처 알아채지 못했다. 처음 쓰러지고 나서 3년 만에 벌어진 일이었다.

아빠는 환각에 시달리다가 제정신으로 돌아오기를 반복했다. 혈당이 떨어지면 무서워하는 대상이 보이는 듯했다.

"옛날에 동네 사람이 어디 잠깐 끌려갔다가 병신 돼서 나왔어."

지난날 아빠는 〈이제는 말할 수 있다〉 같은 프로그램을 보면서 덤덤하게 말했다. 아빠를 소리 소문도 없이 데려가려는 검은 양복을 입은 사람들의 정체인 듯했다. 덤덤함의 이면에는 큰 공포가 자리잡고 있었다.

아빠는 자주 도와달라고 전화했다. 냉장고 뒤에서 누군가 자기를 감시하고 있다고 했다. 그럴 때는 공장장에게 사정해서 서울로 갔다. 집에 도착하면 냉장고 주변에 온열 기구나 선풍기 등이 켜 있고, 알람 시계와 계산기, 재떨이 등이 부서지거나 엎질러져 있었다. 냉장고를 보며 악을 쓰는 아빠 목소리를 듣고 주인집 할아버지도 내려왔다. 놀란 집주인은 소란 피우는 아빠를 112에 신고할지 말지 나한테 물었다.

두려움에 떠는 아빠의 시선이 닿는 위치에 내가 섰다. 누가 있다고 가리키는 벽에 등을 기댔다. 아무것도 없다고 알려주려는 행동이었다. 온열 기구와 선풍기를 치우고 부서진 물건들을 주웠다. 진정되고 나면 체력이 다 떨어진 아빠는 잠이 들었다. 이제 나는 카페인이 가득한 음료를 마시고 공장으로 가야 했다.

저혈당증이 환각의 원인인 듯했다. 의사가 막걸리를 많이 마시면 당뇨가 올 수 있다고 경고한 적이 있었다. 당뇨, 환각, 저혈당증을 검색하고 나서 일단 내과에 가야 한다는 사실을 알게 됐다.

"일이 이렇게 많은데 어디를 가? 너만 빠지면 되냐?"

평일 하루만 빼면 내과에 갈 수 있을 텐데 도저히 빼주지를 않았다. 이미 아빠 때문에 야근을 몇 번 빼고 주말 특근을 여러 번 하지 않았다. 그때마다 공장장은 어금니를 꽉 깨물었다. 공장장과 이사는 내가 개인적인 일로 공장에 폐를 끼친다며 타박했다. 채 대리도 한 사람 빠지면 다른 사람들이 다 힘들다면서 내가 이기적이라고 했다. 다들 내 사정은 안중에도 없었고, 나는 목소리를 낼 힘도 없었다. 나는 노동자도 아니고 군인도 아닌 열외 인간이었다.

야근을 대기하고 있던 어느 날, 아빠 번호로 전화가 왔다. 난생처음 듣는 목소리가 휴대폰 너머에서 흘러나왔다.

"119입니다!"

아빠를 싣고 간다고 했다. 신고자는 편의점 테이블에서 아빠하고 자주 술잔을 기울이는 사시 출신 아저씨였다. 아저씨는 늘 마주치던 아빠가 보이지 않자 집에 찾아갔다. 벽에는 똥이 가득했고, 혼자서 몸을 가누지 못하는 아빠는 숨을 헐떡이며 널브러져 있었다.

쓰러지기 며칠 전부터 통화를 할 때마다 아빠는 가슴이 아프다거나 머리가 아프다는 말을 늘어놓았다. 나는 술 좀 그만 마시라고 다그쳤다. 공장 사람들에게 쌓인 분노가 아빠를 향한 원망으로 바뀌는 듯했다. 급성 심근 경색이 폭발을 앞두고 째깍거리는데도 차일피일 병원 가는 날을 미뤘다.

나는 119 대원에게 대학 병원말고 집 근처 종합 병원으로 가달리고 부탁했다. 종합 병원을 택한 이유는 하나였다. 대학 병원보다 종합 병원이 더 쌀지 모른다는 기대 때문이었다. 지난번에 가보니 대학 병원은 어마어마한 돈을 빨아먹는 기계 같았다. 이미 3년 전 병원비와 간병비로 보증금이 반토막 나서 이제는 병원비로 쓸 수 있는 돈이 적금뿐이었다. 그나마 적금을 넘어가지 않는 정도의 병원비를 바라는 실낱같은 희망을 종합 병원에 걸었다. 적금을 깨면 영화를 배울 기회가 조금 멀어질 테지만 말이다.

그래도 보호자 노릇을 한 번 겪어봤으니 잘할 수 있다는 자부심을 불어넣었다. 당황하지 말고, 궁금한 점은 의사에게 물어보면 된다! 의사가 한 말을 잘 메모해서 검색해보고 최선의 판단을 내리면 된다! 무엇보다 무기력해지지 말고 모든 것을 추궁해야 한다!

중환자실에 누워 있는 아빠를 본 뒤 의사를 만났다. 요도에 연결한 호스를 거쳐 오줌통이 채워지기만 하면 되는데, 쉬운 일은 아니었다. 신장이 기능을 멈춰서 오줌이 나오지 않았다. 신장이 제 기능을 할 때까지 약물을 투여하는 수밖에 없었다. 의사가 내일까지 오줌이 나오기를 기다려보자고 했다. 면담이 끝나고 병원 앞 슈퍼에 가 중환자실에서 쓸 물품을 샀다.

집에 오니 이불 여기저기에 똥이 흩뿌려져 있었고, 똥이 묻지 않은 이불 틈새에 움츠리고 잠든 강아지가 보였다. 힘없이 꼬리만 살랑였다. 힘이 없을 만도 했다. 119와 동네 아저씨가 들이닥친 혼돈을 다 겪은 뒤니 말이다. 밤새 도망 다니는 아빠 곁을 끝까지 지킨 충견이기도 했다. 물티슈를 잔뜩 꺼내 똥을 닦았다.

살짝 잠들었다가 전화벨 소리에 깼다. 새벽 4시였다. 중환자실이었다. 좀 전에 아빠의 심장이 멈춰 심폐 소생으로 살렸다고 했다.

"아침까지 어떻게 될지 모릅니다. 마음의 준비를 해주세요."

지난번보다 죽음이 더 바짝 다가왔다. 병원 일 잘 처리할 수 있다는 보호자의 자부심 따위는 우스웠다. 생명이 왔다갔다하는 상황에서 깊이 고민하고 잘 판단해도 되는 일은 아무것도 없어 보였다.

장례 절차를 검색했다. 몇 백만 원을 넘는 장례비가 걱정됐다. 상주가 절을 몇 번 해야 하는지 확인했다. 이것저것 죽음 앞에서 내가 모르던 일들을 검색해서 읽는데도 머릿속에 남는 것은 없었다. 마음의 준비는 어떻게 해야 하는지 아무도 알려주지 않았다.

아침이 됐다. 아빠의 심장은 다시 멈추지 않았다. 오줌통도 채워지지 않았다. 아직 의식이 불투명했다.

입원 이틀째, 의사는 대학 병원에 가라고 권했다. 여기서 하는 약물 치료보다 대학 병원에 가서 하는 투석이 더 확실한 치료였다. 약물 치료냐, 투석 치료냐. 돈이 문제였다. 더 해볼 수 있는 일을 하지 않아서 아빠를 죽여버리는 식으로 결말을 짓고 싶지 않았다.

다음날 대학 병원으로 가는 앰뷸런스에 올라탔다. 그렇게 가지 말자고 다짐한 곳에 다시 가고 있었다. 앰뷸런스를 타고 가는 동안 나는 산소마스크에 펌프질을 했다. 펌프질을 제대로 하지 않으면 아빠가 죽을지도 모른다고 생각했다. 빠르지도 않고 느리지도 않게 손가락을 오므렸다가 폈다가 오므렸다.

적금 깨는 정도로 안 되겠구나, 빚을 지겠구나, 마음의 준비를 했다. 내가 배우고 싶은 일, 하고 싶은 일을 오랫동안 못할 듯하다는 기분이 들었다. 멀어진 내 미래에 언제 닿을 수 있을지 몰라서 초조해졌다. 나는 왜 아빠를, 이 사람을 살리려고 할까. 화가 났다. 화를 억누르지 못해 씩씩거리면서도 아빠에게 산소를 주려고 손을 오므렸다. 사이렌을 울리며 꽉 막힌 도로를 뚫고 나가는 앰뷸런스가 꼭 바다를 가르는 배를 떠올리게 했다. 작은 보트 하나에 의지해서 호랑이와 사람이 망망대해를 표류하는 장면이 떠올랐다. 영화 〈라이프 오브 파이〉의 한 장면이었다.

바다 한가운데에서 배가 침몰한다. 배에 타고 있던 주인공 파이는 작은 구조선에 올라 겨우 탈출한다. 구조선에는 그 배가 운송하던 리처드 파커라는 호랑이도 함께 타고 있다. 언제 잡아먹힐지 모르는 상황이다. 파이를 잡아먹으면 파커도 굶어 죽는다. 파이는 물고기를 잡아 굶주린 파커에게 먹인다. 망망대해를 파커하고 함께 헤쳐가기로 한다. 결국 파이는 살아남았다.

'무엇보다 리처드 파커가 없었다면 난 지금쯤 죽었을 것이다. 난 녀석을 보며 긴장했고 녀석을 돌보는 것에 삶의 의미를 두었다. 구해줘서 고마워.'

혼자 있었으면 망망대해 위에서 느끼는 외로움과 거센 파도 앞에서 느끼는 무기력이 파이를 집어삼켰을지도 모른다. 리처드 파커가 있어서, 자기를 위협하지만 자기가 돌봐야 하는 호랑이가 있어서 외로움도 무기력도 이겨냈다. 어쩌면 이 점이 내가 다시 가지 않기로 결심한 대학 병원을 선택한 이유 같았다.

공장이라는 거대한 파도에 휩쓸릴까 두려웠다. 공장에 있을 때 나는 노동자도 군인도 아닌 열외의 무엇이었지만, 서울에 있는 집에 오면 한 가정의 가장이었다. 아빠의 보호자였다. 공장에서는 나 하나 지키는 일도 힘겨운데, 집에서는 내가 모든 일을 책임져야 했다. 평일과 주말에 다른 위치와 자리를 왔다갔다했다. 그럴수록 더 잘 살아남아야 한다며 정신을 바짝 차렸다. 이것도 저것도 아닌 경계 위에서 살아갈 힘을 얻었다. 아빠를 보호하는 일은 버거운 과제였지만, 아빠를 보호할 때만 나는 인간의 지위를 얻었다.

#08. 여름밤의 식은땀

대학 병원에 도착한 나는 가장 먼저 특진비가 없는 의사를 찾았다. 젊은 의사가 아빠를 맡았다. 그 의사는 아빠 상태를 설명할 때 잘 이해하는지 물었고, 위험한 치료를 받는 데 동의한다는 보호자 사인을 요구할 때도 부드러운 말씨로 안심시켰다.

투석기는 피를 머금고 뱅글뱅글 돌아갔다. 맑게 거른 피를 다시 아빠의 쇄골에 뚫린 구멍으로 밀어넣었다. 아빠의 신장이 힘을 내서 오줌을 몸밖으로 내보내는 순간을 기다렸다. 투석하면서 수혈이 필요기도 했다. 젊은 의사는 헌혈 증서가 있으면 수혈 비용이 줄어든다고 알려줬다. 친구들에게 헌혈 증서를 달라고 했고, 헌혈도 부탁했다. 동생에게도 헌혈 증서를 모아달라고 했다. 꽤 많이 모인 헌혈 증서를 손에 쥐고는 아빠가 무탈하게 살아날 수 있다고 믿었다. 죽음을 멀리하니 마음이 편안했다.

석금을 깨서 750만 원 남짓한 돈을 수중에 쥐었다. 원금의 절반 정도가 날아갔다. 대학 병원에 오기로 한 순간부터 돈을 아끼려 하면 안 된다고 생각했다. 750만 원 가지고 실비 보험으로 병원비를 돌려막는 방식이 얼마나 유효한지 알 수 없었다. 주민센터에 들러서 상담을 받아보려 했지만, 내 수입이 180만 원이라는 사실을 확인하고는 곧바로 안 된다고 했다. 질문 하나에 답하고 상담이 끝나버렸다. 마치 최대한 안 되는 쪽으로 알아봐주는 공무원들 같았다.

이제 보증금 1000만 원만 남았다. 방을 빼면 어떻게 할지 고민했다. 먼저 아빠가 퇴원하고 나서 지낼 집이 필요했다. 서울역 근처 동자동 쪽방촌에 방을 하나 얻을 수 있겠다. 이삿짐도 문제가 됐다. 돈을 모으고 다시 집을 구할 때까지 가전제품이나 옷가지를 따로 보관해야 했다. 몇 달 만에 큰돈을 모을 수도 없었다. 몇 년 동안 이삿짐을 보관할 수 있는 곳을 찾다가 4호선 산본역 근처 창고를 찾았다. 문제는 산본역까지 짐을 옮기는 비용이었다.

이 세상 모든 일이 돈 아니면 안 됐다. 어쨌든 최악의 상황까지 대비해야 했다. 막대한 병원비를 내고, 살던 집을 잃고, 창고 서비스나 쪽방 등 때문에 돈은 지금보다 배로 들고, 더 허리띠를 졸라매야 하는 상황이 올 수도 있었다. 마음의 맷집을 단련해야 했다.

"그래도, 사람 쉽게 안 죽는다."

산업기능요원 소집 해제 날짜를 10일 동안 연기했다. 공장장은 별수 없다는 듯 허락했다. 병무청에 내야 하는 아빠의 입원 사실 확인서와 진단서 등을 팩스로 공장에 보냈다. 지금은 모든 게 최선이었다. 아빠는 중환자실에서 피를 거르고 있었다. 나는 적금을 깨고, 주민센터에 들르고, 최악을 상상하고 또 상상했다. 시간이 지나면 어떻게든 결판이 날 일이었다. 안달복달하지 않기로 했다. 이제 내게 남은 시간을 휴식처럼 즐기기로 했다. 휴식 기간에 무엇을 할까 고민했다. 피켓을 들었다.

정치적이고 사회적인 활동에 늘 마음이 가 있었다. 이런저런 일로 괴로울 때면 고통을 혼자 삭이면서도 거기에 연결되는 사회적 이슈를 찾아봤다. 공장에서 겪는 일들 때문에 직장 내 괴롭힘이나 노동권을 고민했고, 아빠 병원비 문제는《모든 병원비를 국민건강보험 하나로》를 읽거나 복지국가 논의를 따라가게 했다. 내가 겪은 일들을 공적으로 해결할 수 있는지 가늠해봤다. 가늠쇠는 늘 진보 정당을 향했다. 홈페이지에 들어가 입당 원서를 썼다. 옆 동네 동작을에서는 7·30 재보궐 선거를 앞두고 선거 운동이 한창이었다.

"기호 5번, 열심히 하겠습니다!"

다들 구호를 외치느라 땀을 뻘뻘 흘렸다. 쳐다보지도 않는 사람들을 향해 구호를 외치려니 목소리가 잘 나오지 않았다. 피켓을 더 높이 들어 올렸다. 나는 비정규직 차별을 철폐하고 보육과 의료와 노후 등 복지를 확대하겠다고 약속한 후보를 지지했다.

3일 동안 선거 운동을 한 뒤 공장으로 갔다. 몇몇 아저씨들은 내 안부를 물었고, 또 다른 아저씨들은 내가 빠지는 바람에 팀 생산 라인이 고생했다며 아쉬운 소리를 했다. 선거일이 가까워질 무렵 오줌이 나왔다. 아빠는 중환자실에서 일반 병실로 옮겼다.

공장에서 일하는 내 모습, 병원에서 간병하는 내 모습, 선거 운동을 하는 내 모습이 대조됐다. 아무것도 뜻대로 하지 못하는 노예였다가, 모든 것을 혼자 결정하는 보호자였다가, 정치적 의사를 자유롭게 내비치는 시민이 되기도 했다. 선거는 1.4퍼센트 득표로 끝났지만 좀더 해보고 싶은 의지를 얻었다. 공장 문을 나서면 정치적이고 사회적인 활동을 하고 싶다. 내가 부당하다고 느끼는 일들을 바꾸는 시민으로 살고 싶다. 대조되는 세 모습 사이에서 가장 되고 싶은 내 모습은 시민이다.

병원에서 아빠가 균에 감염됐다는 연락이 왔다. 다른 환자들하고 격리하려고 1인실로 옮겼다. 한옥처럼 꾸민 큰 병실이었다. 이런 곳에 언제 와보나 싶은 곳이었다. 덜컥 돈 걱정부터 들었다. 1인실을 스스로 선택한 환자가 아니면 실비가 적용된다고 알고 있었지만, 돈이 얼마나 나올지 짐작되지 않았다. 병원 로비에는 입원비 정산기가 서 있다. 아빠 주민등록번호를 쳤다.

'7,236,800원.'

화면에는 말도 안 되는 금액이 떴다. 중환자실 비용을 다 치르고 나서 일주일도 안 돼 700만 원이 넘는 금액이 나왔다. 취소를 누르고 다시 주민등록번호를 눌렀다. 다시 취소를 눌렀다. 말도 안 되

진단서와 정산서,
온갖 서류들이
가난의 경로를
따라다닌다.

는 숫자를 보고 있으니 현기증이 났다. 이렇게 빠른 속도로 불어나는 돈은 처음이었다. 상식을 벗어난 증가 속도는 나를 압도하고도 남을 금액을 상상하게 했다. 다시 꾹꾹 아빠 주민등록번호를 입력했다. 변함없는 숫자가 떴다. 800, 900, 1000, 2000이 우습게 올라갈 듯했다. 당장에 그 돈을 마련할 방법도 없었다.

공장장에게 전화를 걸었다. 아빠 병원비가 많이 불어나서 소집해제를 좀더 연기해야겠다고 말했다.

"아이씨, 몰라. 이사님한테 네가 직접 전화해서 말해라."

대답할 겨를도 없이 전화를 끊었다. 장기들이 경련을 일으켰다. 아무런 합의도 없이 끊긴 전화는 공장 사람들이 나를 얼마나 무시하는지를 잘 보여줬다. 공장은 나를 짓밟지 못해 안달이었고, 병원은 나를 압도하고도 남았다. 공장과 병원 사이에서 동아줄처럼 진보 정당을 잡고 있었는데, 그런 상황이 나를 더 하찮게 만들었다. 아주 미세하게 느끼고 있던 권리 감각이 내게 먼지 한 톨만큼의 존엄도 없는지 확인해주는 일들 앞에서 더 처참하게 뭉개졌다.

자유니 권리니 정치니 사회니 복지니, 세상이 너무 쉽게 씹어 먹어버릴 소리에 나는 심장이 뛰었다. 현실로 오면 나는 시민보다는 노예였다. 보호자는 환자 대신 제때 돈을 내야 하는 채무자였고, 치료 도중에 발생하는 법적 문제를 떠맡는 책임자였다. 해낼 수 있는 일이 아무것도 없으면서 뭔가 할 수 있다는 착각에 빠져 사는 듯했다.

핸드폰 연락처를 뒤져 이사 전화번호를 찾고는 병원 주변을 서

성거렸다. 공장장이 보인 신경질적인 반응에 화가 났지만, 이사의 목소리를 들으면 주눅이 들어서 아무 말도 하지 못할 듯했다. 경련을 일으키는 장기들 탓에 목소리가 가냘프게 떨렸다. 손발이 후들거렸다. 공장 사람들 눈빛이 현현했다. 나를 잡아먹으려고 안달난 사람들 사이에 이사가 서 있었다. 모두 공장에 가두고 불태워 죽이고 싶었다. 불타 죽는 이사에게 전화를 걸었다.

"어, 왜?"

연결음이 끝나고 목소리가 들리자 이사가 불타 죽는 상상이 걷혔다. 떨리는 목젖에 힘을 꼭 줬다. 병원비가 많이 불었다고 말했다.

"그래서?"

하루 정도 시간을 달라고 했다. 공공 기관에 가고 병원 사회복지과에도 들러야 한다고 말했다.

"야, 사람이 양심이 있어야지 말이야. 우리 회사가 너 얼마나 봐줬냐. 근데 또 빼면 다 날로 먹겠다는 거야 뭐야. 안 되니까 내일 당장 내려와."

무서워서 피하고 싶던 반응이 나왔다. 내가 어떤 사정을 말하든 어떤 상황에 있든 자기들 이익만 내세우는 그 무서움이 드러났다. 양심이 없는 사람이 나한테 양심이 없다고 했다. 가장 부당한 상황이었다. 상대가 얼마나 염치없는 사람인지 확인하자 장기들이 일으키는 경련도 조금은 잦아들었다.

"그럼 어떻게 해요? 700만 원이 갑자기 나왔는데. 저 내일 반드시 병원비 구해야 해요."

이사는 한동안 말이 없었다. 나도 말을 잊지 못했다. 이런 말까지 했는데 더 악질로 나오면 그대로 주저앉을지 몰랐다.

"내일 오전만 비워. 오후에는 무조건 내려와."

병원 계단에 걸터앉았다. 이 세상 모든 것에 지고 있다는 기분이 들었다. 살아갈 의욕이 뚝뚝 떨어졌다. 의욕을 잃더라도 눈앞에 닥친 일은 처리해야 했다. 해결할 사람이 나밖에 없다. 내일 아침이 되면 사회복지과, 주민센터, 구청까지 갈 수 있는 곳은 다 돌아봐야 했다. 공공 기관에서 답을 찾지 못하면 사회복지공동모금회에 사연을 내보는 방법도 염두에 뒀다. 아빠를 예정보다 빨리 퇴원시킬 수도 있었다. 결국 방을 빼고, 짐을 옮기고, 창고 서비스 요금을 내고, 아빠가 지낼 쪽방을 마련하고, 병원비를 치러야 했다. 그러고도 모자라면 돈 빌릴 곳을 찾아야 했다.

간호사에게 진단서를 언제쯤 받을 수 있는지 물었다. 병원비가 많이 나와서 내일 아침 공공 기관에 가보려 한다고 말했다. 간호사는 아리송한 표정을 지었다.

"얼마나 나오셨어요?"

"700만 원 조금 넘었어요."

"잠시만요."

간호사는 아빠 이름을 확인했다.

"정산이 잘못됐나 봐요. 감염 때문에 1인실을 쓰면 6인실 가격으로 사용하는 거예요."

간호사는 걱정 말고 안심하라는 듯 웃어 보였다. 한여름 밤에
식은땀이 흘러내렸다.

아버지가 바로 죽지 않았다는 것, 아버지를 짊어졌다는 것, 그게 내게 커다란 뭔가가 됐다. 아버지가 그대로 죽었다면, 나는 바로 그 순간의 아버지에게서 벗어나지 못할 수도 있었다. 죽음 앞에서 종결된 정서가 나를 평생 지배할 수도 있었다. 그렇지만 아버지는 죽지 않았고, 나는 아버지 곁에서, 아버지는 내 곁에서, 서로 물고 뜯었다. 죽지 않은 아버지를 성찰하는 기회였다. 이 세상에 쓸데없는 사람이라고, 기억에서 지워버리고 싶다고 원망하지 않을 수 있게 됐다.

#09. 문자가 올 때마다 불안도 함께 도착했다

'또 쓰러지면 어쩌지?'

두 번이나 아빠가 쓰러지는 사태를 겪으니 도저히 피할 수 없는 질문이었다. 아빠는 늘 자기 멋대로 행동해서 이제 감당할 수 없는 지경이 됐다. 의사는 아빠에게 술을 마시면 안 된다고 경고했지만, 아빠는 내 감시를 피해 몰래 마셨다. 아빠에게 술은 오래전부터 박탈감을 잊게 하는 유용한 도구에서 생사를 좌우하는 독약으로 바뀌어 있었다. 주말이면 집에 와서 장롱과 신발장에 꼭 안겨 있는 술병들을 찾아냈다. 술을 마시지 못하게 하면 길길이 날뛰었다. 술병을 앞에 두고 벌이는 한바탕 싸움에 둘 다 지쳐갔다. 아빠는 오기로 버티고, 나는 그런 오기가 괘씸해서 버렸다.

두 번이나 살려냈는데도 말을 듣지 않는다는 괘씸함과 두 번이나 살려줬는데도 고맙다는 말 한마디 안 한다는 서운함이 내 마음에 가득했다. 우리는 삶을 살아가는 데 협력할 수 없었고, 나는 혼자 모든 일을 해내야 했다. 하루에 열댓 번 최악의 상황을 가정했다. 평생 돈을 벌어 병원비로 다 바쳐야 하는 걸까. 도저히 출구가 보이지 않았다. 이미 두 번이나 거대한 폭탄을 얻어맞았다. 나도 할 만큼 했다. 앞으로 벌어지는 모든 일은 아빠 개인의 책임이다. 아빠의 삶을 책임지지 않는 선택이 내 유일한 출구다.

꼬리 자르기 같았다. 내 경제 능력이나 조건으로 아빠까지 책임지는 일은 생존에 맞먹는 부담이라는 점을 인정하면서도 께름칙했다. '정말 아빠만의 책임이라고 할 수 있을까' 하는 물음이 마음 한 구석에 고여 있었다. 아빠를 타박하면서도 아빠를 이렇게 만든 사회적 조건을 무시할 수 없었다. 초등학교도 못 다닌 사람, 어느 자리에 있든 조금만 어려운 이야기가 나오면 기가 죽는 사람, 자기표현을 하는 방법을 배우지 못한 사람, 노동 현장에서 일을 빠르고 잘하는 게 유일한 인정이었던 사람, 그런데 이제 일을 못 하는 사람, 다시 말해 무엇으로도 인정받지 못하는 사람이 아빠였다.

그런 아빠가 지나가는 노인이 무거운 짐을 들고 있을 때 꼭 옆에서 들어주던 모습, 엄마가 집을 나가자 나한테 아무것도 시키지 않고 혼자 꿋꿋이 가사 노동을 하던 모습, 언젠가 내 뺨을 후려치고 미안한 마음에 동네 사람들한테 자기가 아들을 때렸다고 소문내고 다니던 모습이 나를 붙잡았다.

이제 내가 보호자로서 할 수 있는 일은 아빠가 살아 있는 동안이라도 일상의 자유를 누릴 수 있게 히는 게 전부였다. 여기서 자유란 원하는 텔레비전 채널을 보고, 자고 싶을 때 자고, 깨고 싶을 때 깨고, 외출하고 싶을 때 외출하고, 먹고 싶은 음식을 먹을 수 있는 정도다. 대단한 뭔가는 하지 못해도 나는 그 사소한 일들을 일상의 권리로 보호하려 했다. 그런 일들이 지금 상황에서 그나마 아빠의 삶의 질을 높이는 길처럼 보였고, 내 마지막 책무라고 생각했다. 거기에서 만나고 싶은 사람을 만나고, 배우고 싶은 것을 배우는 정도까지 아빠의 자유가 확대된다면 그다지 나쁘지 않은 삶 같았다.

퇴원 이후 아빠는 당뇨, 고혈압, 갑상선 약을 먹었다. 꾸준하지는 않지만 안 먹는 편보다는 나은 정도로 드문드문 먹었다. 그사이 산업기능요원이 끝나고 2년 11개월 만에 공장을 나왔다. 마지막 출근 날 공장 아저씨들이 집요하게 물었다.

"너, 나가서 뭐 할래?"

"시민단체에서 일하려고요."

"신세 좋다."

"야, 허울 좋지 마라."

하찮다는 비웃음을 사든, 뭘 잘 모른다는 헛웃음을 마주하든, 나는 공장에서 마지막 양심을 지키듯 꼭 다시 대답했다.

"그래도 시민단체에서 일할 거예요."

공장을 벗어나면 좀더 나은 세상을 만드는 데 기여하고 싶었다.

공장이든, 병원이든, 공공 기관이든 그동안 겪은 부당한 일들을 해결하는 데 조금이라도 힘을 보태는 삶을 살아가려 했다. 공장 기숙사에서 사회과학 책을 읽으면서 질문을 키웠고, 사회운동 사례들을 살펴보면서 앞으로 뭘 할지 고민했다. 마음속에 품은 질문을 확장하는 이론을 만나거나 해결하고 싶은 문제를 고민하는 시민단체를 찾으면 그렇게 배가 불렀다.

든든하게 속을 채우고 찾은 직업이 지역운동 단체 활동가였다. 동네에서 사람들하고 복작대면서 하는 작은 실천들이 매력적이었다. 사람들하고 관계 맺으며 문제를 해결해가는 과정에서 얻는 연대감이라면 누구도 낭떠러지로 몰아가지 않을 듯했다.

두 달 정도 쉬다가 시민단체에 들어갔다. 공장에서 일할 때에 견줘 수입은 3분의 2로 줄었다. 급여보다 생활비가 더 나갈 때는 공장에서 받은 퇴직금을 꺼내 썼다. 선한 의지를 지닌 사람들하고 함께 뭔가를 한다는 만족감이 컸다. 언제 폭언과 비하를 할지 모르는 공장 사람들을 떠올리면 만족감이 더 커졌다.

시민단체에 일하면서 공공 정책 관련 정보를 빠르고 쉽게 얻을 수 있었다. 열심히 찾지 않아도 오가며 마주치는 활동가들과 단체 홍보 게시판 등 다양한 정보가 가까이 있었다. 그때는 내가 참여할 수 있는 정책이라기보다는 단체가 사업 대상으로 정한 사회적 약자들을 위한 정책이라고 생각했다. 의료 약자이고 주거 약자이면서도 선 자리가 달라지니 어느새 내가 약자라는 현실을 깨닫지 못했다.

세상에 이로운 일을 한다고 혼자 심취한 탓일까? 아니면 지난날 공공 기관을 대면할 때 느낀 모멸감을 다시 느끼고 싶지 않아서 그랬을까? 사회복지 예산이 축소된 사실을 알리는 기사를 마주할 때면 보수 정권에서 축소될 대로 축소되는 복지에 내 자리는 없어 보였다. 또다시 모멸감을 느끼지 않으려면 아예 기대도 하지 않는 편이 나았다. 나는 약자가 아니라 약자를 지원하는 사람이니까 말이다.

그렇게 단념하고 일하다가 집에 오면 아빠를 마주하게 된다. 나뒹구는 술병 사이에서 잠들어 있는 아빠를 보면 다시 폭탄이 째깍거리는 듯했다. 기초 생활 수급자까지는 기대 안 하지만 차상위 계층이라도 돼서 의료비 부담이 줄어들면 좋겠다는 마음이 피어올랐다. 그럴 때면 서둘러 그런 마음을 누그러트려야 했다.

"이번에 라면 후원이 들어왔는데요, 이번 주 안으로 받으러 오실 수 있나요?"

동네 어르신들에게 반찬을 돌리고 막 사무실로 들어가는 참에 전화를 받았다.

"무슨 말이세요?"

머릿속에서 요 며칠 동안의 일들을 뒤적거리며 물었다. 이런 전화가 왜 나한테 왔는지 이해가 되지 않았다.

"이번에 후원이 많이 들어와서 차상위 계층 분들에게도 드릴 수 있을 것 같아서요."

"그게 무슨 말이시죠?"

몇 번을 주거니 받거니 하다가 나하고 아빠가 차상위 계층이라는 사실을 알았다. 몇 주 전 '희망두배 청년통장'을 신청하러 주민센터에 간 때 공무원이 내 수입을 보고 차상위 계층도 같이 신청해준 모양이었다.

"차상위 계층도 신청하시면 되겠네요."

지나가는 말이라고 생각한 한마디가 그제야 생각났다. 공장에서 시민단체로 직장을 옮기고 월급이 줄어드니까 차상위 계층 자격 조건이 됐다. 죽기 살기로 버틸 때는 안 된다더니, 보증금이 반토막 나고, 모아둔 돈은 병원비로 다 쓰고, 급여도 줄어드니까 드디어 해준다고 했다. 허망한 배신감이 밀려왔다.

그 뒤 김치, 라면, 쌀 등 후원 물품을 준다는 문자가 자주 왔다. 그럴 때면 나는 하나라도 꼬투리 잡히면 '안 된다'는 명령과 아무 다른 시련도 없이 갑작스레 '된다'는 허락 사이에서 어떤 자세를 취해야 하는지 헷갈렸다. 굽신거려야 하나? 괜히 거절하면 돈 있어 보이려나? 빈곤의 아슬아슬한 경계가 인식되고 나니, 문자가 올 때마다 언제 탈락할지 모른다는 불안도 함께 도착했다.

#10. 너 흙수저잖아

시민단체 회원들이 우르르 왔다 갔다. 연말 나눔 행사에 스태프로 함께할 회원들을 만나 이런저런 아이디어를 나눴다. 화기애애하던 공간은 금세 자판 두드리는 소리로 메워졌다. 실무자들은 연말 나눔 행사를 앞두고 모두 정신이 없었다. 안쪽 사무실에서 대표가 밖으로 걸어 나왔다. 긴 한숨으로 불만을 내쉬고 있었다.

"샘? 이게 뭐죠?"

대표는 선배 실무자에게 서류를 내밀었다. 나눔 행사에서 만나게 될 어르신들 명단이었다. 실무자와 회원들이 각자 어르신 2명씩을 맡았는데, 몇몇 사람에게는 더 많은 어르신들이 할당됐다. 그러니까 몇몇은 3명씩 담당하게 된다고 명단에 써 있었다. 그 몇몇 중의 한 사람이 대표였다. 왜 자기한테 2명이 아니라 3명이나 맡기냐는 항의였다. 합의의 여지가 전혀 없는 말투인 만큼 명령에 가까웠다.

"이 할머니들이 뭐씩이나 된다고 대표가 가나? 당장 수정해요."

처음 그 말을 듣고는 내 귀를 의심했다. '뭐씩이나' 되는 어르신들은 내가 일하는 시민단체가 주는 돌봄이 필요 없었다. 이런 곳에서 이런 말씩이나 듣게 되다니, 여기는 '가난한 자'하고 함께한다는 시민단체! 할 말을 끝내고 다시 안쪽 사무실로 들어가는 대표의 뒷모습과 당황한 선배 실무자를 보고서야 내가 들은 말이 대표가 진짜 한 말이라는 사실을 인정해야 했다.

공장에서 나올 무렵 서울시 청년허브에서 뉴딜 일자리 사업이 진행되고 있었다. 기관과 참여자를 연결하고 급여까지 대신 지급하는 사업이었다. 나중에 내가 일하게 된 시민단체가 기관이고 나는 참여자였다. '초보자 대환영' 같은 플래카드는 걸려 있지 않았지만, 초보자여도 큰 무리 없이 신청해볼 수 있겠다는 인상을 받았다.

그때까지 컴퓨터는 글을 쓰는 도구일 뿐이었고, 아빠 때문에 떼는 서류말고는 문서도 작성한 적이 없었다. 자신 있는 구석이 아예 없지는 않았다. 먼저 육체노동이었다. 뭐든 시키면 번쩍 들어올렸고, 연장만 있으면 뚝딱거리며 만들고 고치는 일은 잘했다. 직업학교에서, 조기 취업에서, 시설 관리에서, 공장에서 해온 일이기 때문이었다. 다음으로 책이나 신문에서 읽은 지역운동의 사례와 성과를 읊을 수 있었다. 내가 꿈꾸고, 내게 희망이 되고, 이 사회에 필요한 일이라고 생각하면 줄줄 외웠다. 그래도 뭐 하나 제대로 할 줄 아는 세 없는, 어디서 읽은 것만 많은, 위험 부담이 큰 지원자였다.

"김정환 시인은 시의 의무가 서정성과 사회성을 좁히는 것이라고 말했습니다. 저는 지역운동의 의미가 바로 동네에서 서정성과 사회성을 좁히는 것이라고 생각합니다."

어깨에 힘을 팍 주고 쓴 자기소개서의 마지막 문장을 면접장에서도 되뇌었다.

기획 회의를 하고, 중간 점검 회의를 하고, 평가 회의를 했다. 사업계획서를 숙지하고, 회의록을 작성하고, 보고서를 쓰고, 활동일지를 적었다. 난생처음 업무라고 부를 만한 서류를 꾸미느라 손가락을 움직이고 머리를 굴렸다. 내 호주머니에서 나온 돈이 아니라 예산을 집행했다. 어설프지만 느릿느릿 익혔고, 한 번 해본 일은 까먹지 않으려 노력했다. 시간이 지나면서 공장에서 공정을 잘 지켜야 문제가 없듯이 이런 일도 정해진 과정을 잘 알면 된다는 생각이 들었다. 뭔가 결과물을 내는 일은 다 일맥상통하는 요소가 있었다. 좀 더 일을 잘하는 사람이 되고 싶었다. 그렇지만 시민단체의 일상은 견디기가 쉽지 않았다.

"여기 지역 거치려면 나를 거쳐야 돼요. 이곳 다 내 것이거든요."

대표가 협치에 관련된 어느 자리에서 저런 말을 했다는 뒷얘기가 흘러나왔다. 직접 듣지도 보지도 않은 장면이지만 눈에 훤했다. 평소에도 자주 보인 모습이었다. 돈이 많은 회장님은 아니지만 지역 사람들의 선의와 가치를 자원 삼아 가진 자처럼 굴었다. 지역의 다양한 활동과 자원을 '소유'하고 있는 양 말하던 사람이 '뭐씩이나' 되지도 않는 할머니를 3명이나 떠맡는다고 성을 냈다. 어쩐지 이 단체는 내가 변화시키고 싶은 세상하고 동떨어져 있는 곳 같았다. 단체 정관에서 함께하겠다고 선언한 '사회적 약자'는 좋은 일 하는 단체 대표의 명예를 위해 쓰이고 버려지는 무엇이었다.

그곳에서 일상적인 활동을 하기가 힘들어졌다. 가난한 사람들은 계속 반찬을 받고 빵을 얻는다. 반찬이나 빵을 더는 받지 않아도 된다거나 세상에 주체로 나서는 일은 좀체 벌어지지 않았다. 이 활동을 지속할수록 선의와 가치를 자원 삼아 군림할 수 있는 사람만 이득을 본다는 생각이 들었다. 내 손과 발이 하는 활동에서 어떤 효능감도 느껴지지 않았다.

대표하고 친한 지인이자 정치사상을 전공한 어느 교수가 자주 놀러왔다. 올 때마다 공유 공간에 앉아 자기가 연구한 사상을 설파했다. 잠깐 쉬고 있는 나한테도 다가와 온갖 질문을 해댔다. 상대에게 질문하면서 답을 끌어내려는 모습이었다. 소크라테스의 산파술을 흉내내는 듯했지만, 사실은 정해놓은 답을 말하라는 강요였다.

"양극화된 한국의 정치 환경에서 뭐가 필요하다고 생각하나?"

자기가 연구한 사상이 우리 사회에 정말 필요하다고 내 입으로 말해주기를 바라는, 속이 빤히 보이는 질문이었다. 피하고 피하다가 지겨워지면 원하는 답을 해주고 도망쳤다. 원하는 답을 말해주고 나면 하루 종일 기분이 어수선했다. 그러다 한번은 어떤 정치 평론가의 이름을 대면서 반론을 펼쳤다. 그랬더니 그 교수가 양미간을 좁히며 단호하게 말했다.

"그 사람은 석사 출신이야. 나는 박사고. 박사는 선례들을 다 받아들이고 반박하면서 종합해야지 받을 수 있는 거야. 그러니까 그 사람이 그런 의견을 낼 수 있는 건 아직 박사 과정을 거쳐본 적이 없어서 그래."

박사 타령을 들은 뒤 그 교수하고는 말 한마디도 섞고 싶지 않아서 피해 다녔다. 자기가 얻은 성취에 심취해 세상 물정 같은 것은 안중에도 없어 보인 때문이었다. 자기 자신을 공화주의자이자 민주주의자로 불렀지만, 우리가 나눈 대화에는 공화도 없고 민주도 없었다. 그 교수는 단체가 하는 사업에 자문위원으로 이름을 올리고 있었다. 동의하지도 않는 그 교수의 생각과 태도를 확산하느라 내가 노동하고 있다는 생각이 들었다. 실험실의 쥐가 된 기분이었다.

"너 흙수저잖아? 어디서 누가 받아주겠니?"

기어코 나가겠다는 나한테 대표가 장난 섞인 어투로 말했다. 대표는 나 자신이 한 번도 부른 적 없는 말로 나를 불렀다. 흙수저. 그리 낯설지 않은 말이기도 했다. 단체에 있을 때 내가 늘 불안해하던 문제가 드러난 꼴이기 때문이었다. 대표가 가난한 자를 업신여길 때마다 저 말이 언제든 나를 향할 수 있다는 느낌을 받았으니까.

돌이켜보면 지난날 매번 겪는 일이기도 했다. 어디를 가든 가난한 청년에게는 저런 말 한마디쯤은 걸쳐도 된다는 듯 어른들은 말했다. 내가 어떤 선택을 할 때, 그 선택에 위험이 따를 때, 그런 일은 내가 넘볼 수 없다는 듯 어른들은 비웃었다.

"요즘 인터넷이 사람 망친다니까."

"무슨 빽도 없는 놈이……."

시민단체에서 일하고 싶다고 할 때 이런 말을 한 공장 아저씨들이 떠올랐다. 그런 반응을 시민단체에 들어와서도 겪었다. 나는 여전히 회원들하고 복작거리며 지역을 바꾸는 활동을 하고 싶었고, 좀더 일을 잘하는 사람이 되려고 했다. 대표가 던진 말 한마디 덕에 마음속에 남은 미련을 말끔하게 게워냈다.

그만두기로 결심한 뒤에도 단체에서 겪은 일을 속시원하게 털어낼 수 없었다. 어떤 특정한 사람만의 문제일까, 아니면 모든 기성세대의 특성일까. 나눔이니 공생이니 하면서 좋은 가치에 기생해 삶을 유지하고, 타인을 배려하지 않으면서, 자기 혼자만 더 나은 삶을 살 수 있는 자리에 오르는 현실에 환멸을 느꼈다. 어쨌든 한동안은 시민단체에 얼씬도 하지 말자고 다짐했다. 스스로 밥벌이를 하면서 할 수 있는 활동을 해보자. 단체에 몸담고 있을 때보다 불안정할 테지만, 더 즐거울 듯했다. '흙수저'가 더 나은 삶을 꿈꾸는 모습을 우습게 생각하는 어른들이 스스로 부끄러움을 느끼게 되기를 바랐다.

그가 궁극적으로 좌절할 것이라는 점을 일단 확인하자 도중의 모든 일은 꿈속에서처럼 그에게 이루어졌다고. 카프카가 자신의 실패를 강조했던 열정보다 더 기억할 만한 것은 없을 걸세……

— 발터 벤야민, 《발터 벤야민의 문예이론》(민음사, 1992)에서

발터 베냐민이 프란츠 카프카를 두고 한 말이다. 저 말에서 나는 아버지를 대하는 내 태도를 떠올렸다. 어쩌면 나는 아버지가 더 나은 삶을 살면 좋겠다는 바람이 좌절하게 되리라는 사실을 확신하고 있을지 모른다. 그러나 최선을 다해 실패하고 싶다. 이런 생각은 내 쾌락 때문일 수도 있지만, 결국 아버지의 삶은 물론 내 삶도 아무런 교훈 없이 끝날 수도 있다. 그렇지만 그렇게 해서라도 실패하면, 내가 지닌 역량과 시대의 조건 안에서 아버지의 삶을 회복하는 일이 불능하다는 사실을 증명하는 정도로 충분하다고 생각한다. 아버지를 사랑하지 않으면서 아버지를 신경쓰는 이유를 나도 잘 모르겠다.

#11. 내 계획 속에 정신이 무너진 아빠는 없었다

노가다는 매번 현장이 바뀌었다. 그날그날 몇 명 부르겠다는 작업 반장의 '오다'에 따라 하루가 갈렸다. 현장에 가면 작업복을 갈아입고, 안전화를 신고, 그동안 여러 사람의 머리를 지켜준 안전모까지 쓴다. 안전모는 시큼한 냄새가 났다. 처음 간 현장에서는 30분 정도 안전 교육을 받는다. 안전 관리자 중에는 무미건조하게 죽지 말라고 말하는 사람이 있는가 하면, 사람 죽은 얘기의 앞뒤를 너무 재미있게 꾸며내는 이도 있었다. 그리고 일일 근로계약서를 쓴다.

지병이 있는지, 혈압은 정상인지, 경력은 얼마나 됐는지, 사고가 난 때 연락할 전화번호, 관계, 이름 등을 적어야 했다. 아빠 대신 애인의 신상 정보로 빈칸을 채웠다.

"이거 가족만 적어주세요. 아니면 형제도 괜찮고요."

병원에 드나들면서 애인이 법적 보호자 구실을 할 수 없는 사실을 잘 알고 있었다. 그렇다고 아빠를 적을 수는 없었다. 달려와서 뭐라도 해줄 수 있는 사람이어야 했다. 애인의 신상 정보를 적어내면 매번 다시 쓰라고 해서 요령껏 '아내'라고 적기 시작했다.

몇 달 전 뉴딜 일자리 계약이 종료됐다. 시민단체에서 다시는 일하지 않겠다고 말했다. 그만둘 때 한 대표 면담이 화근이었다.

"이 일에 효능감을 느낄 수 없습니다."

"그건 네 마음이 문제네."

속내를 털어놓으려다가 도리어 혼이 났다. 꼬리에 꼬리를 물고 이어오던 고민을 말하지 않기로 결심했다. 내 말을 알아들을 수 있는 사람이 아니기 때문이었다.

"그만두고 바로 1주일 있다가 영화 만드는 거 배우려고요."

내가 겉으로 드러낸 퇴사의 결론이었다. 거짓말은 아니었다. 시민단체에서 일하면서도 어떤 사회적 이슈를 사업으로 접근하는지, 서사와 이미지로 접근하는지가 활동과 영화의 차이라고 생각했다. 납작하고 간편하게 세상을 바라보는 시선에 이질감을 느꼈다. 사회적 이슈에 접근할 때 사업보다는 서사와 이미지가 더 유용하다는 생각이 들었다. 세상을 단일하게 바라보지 않겠다는 태도가 서사와 이미지에 더 잘 반영될 수 있다고 여겼다. 사실은 영화를 찍으려는 의지보다 더는 대표를 마주하지 못하겠다는 마음이 더 컸다.

시민단체를 나오자마자 독립영화협의회에서 진행하는 171번째 독립영화 워크숍에 등록했다. 3개월에 걸친 실습 과정 동안 실업급여를 받고 60만 원 정도 남은 공장 퇴직금을 살살 써가며 영화를 배웠다. 애초에 가려고 생각한 한겨레 영화제작학교를 가지는 못했지만, 워크숍에서 연출, 촬영, 배우를 종횡하고 집단 창작 과정에서 발생하는 협력, 싸움, 화해를 경험했다. 만족스러운 배움이었다.

속성이기는 하지만 바라던 대로 영화를 배우고, 예술이라는 미지의 영역에서 내가 할 수 있는 게 무엇인지 더듬거렸다. 아티스트 토크, 관객 만남 이벤트(지브이), 시네마 토크, 감독 대화 이벤트 등 무슨 취업 박람회라도 돌듯 쫓아다녔다.

탐색의 기간 동안 생계가 가장 큰 문제로 떠올랐다. 노가다라고 부르는 건설 일용직은 나쁘지 않은 방편이었다. 일당 10만 원 정도라 나름 고수익 아르바이트였다. 몸은 고되지만 일하는 날도 마음대로 정하고 일당도 일 끝나면 바로 받을 수 있어서 좋았다. 한 달에 15일 정도 출근하면 나머지 시간은 자유롭게 쓸 수 있었다. 일하는 현장에서 일회용 인간 취급을 받는 현실이 힘들기는 했다. 그런 문제만 잘 견뎌내면 차근차근 내 진로를 찾아가는 데 안성맞춤이었다. 계획대로 내가 원하는 삶으로 나아가고 있다는 작은 성취감으로 하루하루를 채웠다.

노가다 나가는 날에는 새벽 네 시 반에 일어난다. 그런 때는 잠을 잔다기보다는 언제 울릴지 모르는 알람을 상대로 눈치 게임을 하는 데 가까웠다. 왜 벌써 알람이 울리냐는 불만이 생기고야 마는 4시 30분이었다. 그런데 어느 날부터 알람 소리보다 거실에서 들리는 달그락거리는 소리에 먼저 깼다. 이제 막 4시가 된 무렵에 아빠는 혼자 바빴다. 방문을 여니 연장을 챙기고 있었다. 뭘 하고 있느냐고 물으면 아빠는 조금 상기된 얼굴로 대답했다.

"어이, 신 소장이 연락 왔어. 홍제동으로 일 나오라고. 금방 첫차 시작되면 출발해야 시간 맞을 거야."

술이 덜 깼나 싶었다. 오래전부터 일을 나가고 싶어했으니 저런 꿈을 꿀 만도 했다. 다음날 새벽에도 같은 일이 벌어졌다. 시간이 늦었다며 설득도 하고, 나도 돈 벌러 나가야 한다며 화도 냈다. 회유와 겁박으로 다시 잠이 들게 유도했다. 달그락거리는 연장 가방을 꼭꼭 숨기기도 했다. 아침이 되면 아빠는 자기가 새벽에 한 일을 씻은 듯이 기억하지 못했다. 일주일 정도 이런 일을 반복했을까. 그제야 치매를 의심하기 시작했다.

검색창에 '알코올성 치매'를 입력했다. 포털 사이트에 걸린 관련 영상이 눈에 들어왔다. 재생 버튼을 눌렀다. 사이렌 소리가 화면을 가득 채우며 불길한 예감을 자아냈다. 한 젊은 남성이 의식 없는 아버지를 응급실로 데려왔다. 검사가 시작됐다. 늙은 아버지는 자기가 누군지 인지하지 못했다. 당연하게도 아들도 알아보지 못했다. 한순간 뇌의 일부분이 꺼져버렸다. 꺼져버린 뇌는 다시 회복할 수 없다고 했다. 영상이 끝나자마자 집 근처 신경정신과 병원과 자치

구 치매안심센터에 전화를 걸었다.

곁에서 가만히 지켜보지 않으면 아빠에게 일어난 문제를 알 수 없었다. 아빠가 조금이라도 긴장하는 상황이 되면 증상이 잘 드러나지 않았다. 긴장된 상황이 뇌에 자극을 주는 듯했다. 병원이나 치매안심센터에서 종이 한 장짜리 치매 검사로 내가 겪은 아빠의 모습을 증명할 길은 없었다. 검사가 끝나면 모두 입을 모아 말했다.

"이 정도면 일상생활에 무리가 없습니다."

내가 집에만 붙어 있는 사람도 아닌데 모두 '아드님이 조금만 신경쓰면'이라는 말로 많은 문제를 덮어버렸다. 아빠는 1분도 채 지나지 않아 자기가 한 말과 행동을 잊었다. 한 번 한 질문을 하고 또 했다. 아빠가 반복하는 질문과 행동 앞에서 나는 속수무책이었다. 짜증과 절망이 번갈아 밀려왔다.

노가다를 나갈 때가 가장 심란했다. 새벽 4시 30분에 나가 저녁 6시 30분에 돌아왔다. 아빠는 아무런 긴장 없이 한나절을 집에 혼자 있었다. 치매가 더 빠르게 악화될 듯했다. 녹초가 돼 집에 들어온 나한테 아빠는 어디 다녀왔느냐고 수십 번 질문했다. 신 소장한테 전화가 와서 내일 일을 나가야 하니 버스 카드를 충전해달라고 수십 번 부탁했다. 늘 반복되는 이야기였다. 결국, 나는, 자주, 폭발했다.

"아빠 치매라고! 정신 나갔다고!"

아빠는 턱을 치켜들고 내가 자기 삶의 걸림돌이라는 듯 말했다.

"쌍놈 새끼, 내가 알아서 살 테니까 너는 가만히 있어!"

"내가 알아서 살 테니까? 여태껏 알아서 살았으면 내가 이렇게 고통받을 일 없잖아!"

눈이 뒤집히기 직전이 된 나는 이렇게 소리쳤다. 제어할 수 없는 큰 소란이 벌어질 때면 지난번 알코올 치매를 검색할 때 봐둔 알코올 전문 병원을 떠올렸다. 마음 한구석에 그 병원을 마지막 보루처럼 간직하고 있었다. 이제껏 몸이 무너지는 아빠를 염두에 두고 계획을 세웠다. 그 계획 속에 정신이 무너진 아빠는 없었다. 내가 해낼 수 있는 종류의 일이 아닐 듯한 위압감이 온몸을 휘감았다. 텔레비전에 나오는 유명 정신과 의사가 경기도 부천에서 운영하는 알코올 전문 병원에 가 상담을 받았다.

문제는 병원비였다. 차상위 계층 의료 급여를 받아도 한 달 30만 원이 들어갔다. 거기에 술을 마시지 않아 생기는 금단 증상을 줄이느라 필요한 간식비가 20만 원이었다. 한 달 기본 생활비에 50만 원이 더해지게 됐다. 노가다를 아르바이트가 아니라 직장처럼 다녀야 했다. 내가 하고 싶은 일을 찾으면서 아빠도 돌볼 수 있는 상황이 아니었다. 둘 중 하나를 포기해야 하는 선택의 순간이 다가왔다.

#12. 주민센터 문 앞에서

주민센터 문을 열었다. 아빠 문제를 등에 업고 3년 만에 다시 찾았다. 문지기라도 서 있는 양 쉽사리 들어가지 못했다. 앞까지 갔다가 다시 돌아오기를 몇 차례 반복하다가 이번에는 꼭 지원을 받자고 작심했다. 이 문을 열지 않을 때 가능한 선택은 두 가지로 추려졌다. 하나, 계속 일만 하기. 둘, 아빠가 죽기만 기다리기. 돌봄이라는 형벌을 받는 듯했다. 개인 시간이 없어지고, 금전 부담이 커지고, 무엇보다 아빠의 돌발 행동을 제어하지 못했다.

아빠가 죽으면 형벌이 끝나고 해방되는 걸까? 고생시키느니 차라리 잘 갔다는 위로라도 받아야 할까? 아빠의 죽음을 말끔히 도려내고 해방감을 만끽할 자신이 없었다. 미처 풀지 못할 미안함과 괴로움, 시원함과 억울함을 떠안고 살아가야 할 듯했다. 내 고통과 아빠의 질병이 대치하는 상황이 벅차기만 했다.

내 앞에는 통과만 하면 복지 혜택을 받는 문이 하나 있다. 이 문만 열면 숨통이 조금은 트이게 된다. 아빠나 내가 죽고 나서야 기초 생활 보장을 강화해야 한다느니 하면서 뒤늦게 술렁거릴 게 뻔했다. 이 문을 열어주지 않아 벌어질 파국일 테니, 더는 미룰 수 없었다. 분을 머리끝까지 끓게 만들어 적의를 뿜어냈다. 그제야 주민센터에 발을 들이면서 조금은 당당해질 수 있었다. 문 바로 앞에서 공무원이 나를 맞이했다.

"복지 상담 하러 왔는데요."

"무슨 일이신데요?"

"복지 상담, 하러 왔는데요."

"그러니까 무슨 일이신데요?"

지난번에는 주민센터 안쪽 사무실로 들어가 상담을 했다. 이제 문 바로 앞에 복지 상담 창구가 따로 마련돼 있었다. 주민센터를 들락날락하는 동네 사람들 앞에서 내 사정을 구구절절 설명해야 했다. 상담할 때 양쪽에 쳐놓은 칸막이 덕에 심리적인 안정을 얻는다는 사실을 그때는 몰랐다. 그 칸막이가 그리웠다.

"어디 안 들어가나요? 상담 이렇게 하나요?"

"네, 말씀하세요."

복지 담당자는 뭐가 문제냐는 듯 눈을 말똥말똥 떴다. 예전보다는 좀더 이야기를 들으려는 모습이었다. 등본 떼어주는 직원, 전입하러 온 주민, 대기표 뽑고 기다리는 사람들이 모두 나를 지켜보는 듯했다. 괜스레 침을 한 번 꼴깍 삼키고 숨을 크게 들이쉬었다.

"제가 지금 아버지랑 둘이 살고 있는데요. 아버지가 일을 못 한 지 조금 오래됐어요. 한 7년 정도? 제가 스무 살 때 쓰러졌는데, 그때부터 쭉 일을 못 하셨거든요. 그런데 요즘에 계속 치매 비슷한 증상이 보이고 있어요. 제가 언제까지 제 경제력으로 돌볼 수가 없어서 찾아온 거거든요."

"실례지만 아드님은 뭘 하고 계시나요?"

"저는 지금 아르바이트하고 있고요. 예술 계통을 지망해서 준비 중이에요. 그래서 수입이 많지는 않아요. 정말 얼마 못 벌어요."

내 수입이 많지 않다는 점을 애써 강조했다. 이미 내 귀에는 나를 욕하는 소리가 들려오고 있었다. 누군가 얼어 죽을 예술이냐고 쏘아붙일 듯했다. 젊은 놈이 하라는 일은 안 하고 이런 데 와서 가난이나 증명하고 있다고 혼나기 직전 같았다. 그럴수록 나는 점점 불쌍한 표정을 지으면서 질질 짜는 모양새가 돼야 했다. 가난을 잘 드러내려고 연기했다. 할 말이 더 있는지 기다리던 담당자는 내가 조용해지자 자기가 해야 할 이야기를 했다.

"그러시군요. 그런데 아드님은 근로 능력이 있어서 자활 직업 훈련을 받아야 해요. 아버님은 현재 65세 미만이시잖아요. 아직 젊기 때문에 질병 진단을 받아야 해요. 그래서 근로 능력 평가서를 작성하고 근로 능력이 없다고 나와야 돼요. 같이 안 사시지만, 따님도 있으시잖아요. 그분도 의무 부양자여서 아드님과 따님의 수입이 합산

됩니다. 기초 생활 수급자는 안 될 가능성이 커요. 어쩔 수 없어요."

복지 담당자의 정교한 논리 앞에서 되물을 구석이 없었다. 그냥 안 되는 이유가 너무 많아서 안 된다는 말이었다. 이중 삼중으로 자물쇠를 채운 복지의 문이 열리지 않을 듯해 힘이 빠졌다. 복지 상담 창구 옆에 있는 출구로 몸이 저절로 다가가고 있었다.

이대로 이곳을 나서면 더는 아무것도 할 수 없었다. 막다른 길이라고 나 자신에게 상기시켰다. 다시 치밀어 오르는 울화를 꾹꾹 누르며 또박또박 외쳤다. 아빠가 일을 못 한 지 오래됐다고, 나 혼자 돌본 지 7년이 넘어간다고, 아르바이트를 하고 있다고, 아직 설익은 꿈을 꾸고 있다고, 이제 살길이 보이지 않는다고.

주민센터 안에 있는 다른 직원들이 나한테 온 신경을 집중하는 듯했다. 주위를 둘러보자 모두 애써 안 들리는 척 업무를 보고 있었다. 내가 나가면 웅성거리면서 무슨 일이냐고 내 얘기를 할 분위기였다. 창피했다. 멈출 수는 없었다.

"제발 안 된다고만 하지 말고! 이런 꼼수를 쓰면 된다거나 어떤 거짓 서류를 꾸미라거나, 답을 말해달라고요. 제 상황이 수급자가 되지 못하는 게 이상한 일이라는 걸 모르지 않을 텐데, 왜 안 된다고만 말하세요!"

흉기를 들고 사람을 위협하듯 나는 내 삶을 볼모로 삼아 말의 칼을 휘두르고 있었다. 죽이 되든 밥이 되든 결판을 지어야 했다.

"일단 좀 진정하세요."

당황한 담당자가 질병 코드를 적은 종이를 한 장 줬다. 두 가지를 알려줬다. 하나, 주소를 옮겨서 아빠와 내 주소를 따로 둘 것. 둘, 질병 코드에 맞는 질병 진단을 받아올 것. 이 두 가지만 되면 아빠를 기초 생활 수급자로 '등극'시킬 수 있었다.

난리를 한번 치고 나니 부끄러움이 밀려와 담당자를 똑바로 쳐다볼 수 없었다. 서류 뭉치를 넣은 종이봉투를 받았다. 복지의 문에 채운 자물쇠를 아직 다 풀지는 못했지만, 그래도 해볼 만하다는 느낌이었다. 주민센터를 나서려는데 담당자가 나를 다시 불렀다.

"혹시라도 이런 얘기 했다고 아무에게도 말씀하시면 안 돼요!"

3

일도 잘하고
애도도 잘하고
싶은데

꿈 3

실무자하고 일 때문에 통화하고 있었다
도중에 지난밤 꾼 꿈이 떠올랐다
아 꿈속에서
아빠가 죽었구나 아 그래서 그런 거였구나
아빠는 활짝 웃으며 이미 몇 년 전에 떠난 형제하고 함께 있었다
아빠가 그 사람들하고 함께 웃는 모습을 살아생전에 본 적이 있었나
나는 그저 울었다
일도 잘하고 애도도 잘하고 싶은데 꼭 갈림길처럼 나타난다.

#13. 나들이 떠난다

주민센터에서 전수받은 두 가지 비법에 따라 주소지를 옮기고, 아빠의 상태를 증명할 병명을 샅샅이 뒤졌다. 치매 진단은 쉬운 일이 아니었다. 의사가 환자 옆에 하루만 있으면 쉽게 알 텐데, 검사를 한 뒤 5분도 안 돼 판정이 나왔다. 치매 검사를 할 때마다 아빠는 온 힘을 다해 문제를 맞혔다. 검사 결과는 정상이었다. 뇌세포를 좀더 붙잡아둘 약만 처방받았다.

"원래 술을 많이 드시는 분들이 손아귀랑 발에 근육이 없어요."

마지막이다 싶은 마음으로 찾아간 대학 병원에서는 술말고는 아무 병명도 찾지 못했다.

"제가 저희 아빠 근로 능력이 없다고 증명해야 하는데요."

내 목소리가 기어들어 갔다. 의사는 신경 조직 검사를 해보자고 했다. 조금 부담되는 금액이어도 해야만 하는 검사였다. 2주 뒤에 나온 결과는 '정상'이었다. 또 다른 방법이 없냐고 묻자 의사는 '자기 공명 영상MRI'을 권했다. '엠아르아이'라는 말에 소름이 돋았다. '많으면 100만 원, 못해도 70만 원은 들 텐데…….'

큰마음 먹고 검사를 했지만, 결과는 근로 능력 '있음'이었다. 건강하다는 결과에 암담하면서도, 한편으로는 아빠가 정말 회복이 돼서 좋은 삶을 살아갈 수 있지 않을까 하는 기대도 품게 됐다. 증명되지 않는 '고통'과 고통을 벗어날 수 있다는 '기대' 사이를 오가며 진단명을 붙잡고 싸움을 벌였다.

결국 3년 동안 먹던 당뇨약이 아빠가 만성 질환자라는 사실을 증명했다. 근로 능력 '없음' 판정이 나왔다. 2016년 겨울, 아빠는 드디어 기초 생활 수급자가 됐다. 의료 급여를 받게 돼 병원비 걱정이 줄어든 점 하나만 갖고도 7년 묵은 체증이 싹 가셨다.

어려운 신청 과정을 보상이라도 하듯 신청일을 기준으로 첫 수급비가 들어왔다. 두 달치를 한꺼번에 받는 셈이었다. '월동난방비, 생계비, 주거비 993,000원.' 이런 큰돈은 생각도 하지 못했다. 수급비가 입금된다는 연락을 받고 별생각 없이 은행에 갔다가 벌린 입을 한참 다물지 못했다. 수급자에게 해준다는 전기 할인, 가스 할인, 휴대폰 할인을 받으려고 공단에 전화했다. 1년에 5만 원씩 넣어주는 문화누리카드도 받았다. 의료비가 줄어든 만큼 아빠 이름으로 든 실비 보험을 없앴다.

"20만 원이에요. 차도 가고 사람도 가니까, 한 번에 좀 비싸요."

알코올 중독 치료 계획을 이행하기로 했다. 이제라도 뇌세포를 붙잡아둘 약을 꾸준히 먹고 술을 끊으면 크게 나빠질 일은 없다고 했다. 폐쇄 병동인 알코올 전문 병원에 아빠가 제 발로 걸어갈 리는 없었다. 병원에서는 강제로 끌고 가는 방식을 추천했는데, 비용이 20만 원이었다. 20만 원을 들여 강제로 끌고 갈까, 20만 원으로 아빠한테 맛있는 음식을 사줄까. 아빠를 구슬려보기로 했다.

'993,000.'

아빠에게 통장 내역을 보여줬다. 이 병원 저 병원 끌려다니는 동안 아빠는 병원에 그만 가고 싶다며 내 뒤통수에 대고 욕을 해댔다. 여섯 자리 숫자는 고단하게 병원을 순례한 이유를 설명해줬다. 나는 마지막으로 병원 한 군데에 더 가야 한다고 말했다.

"마지막, 진짜 마지막이에요."

아빠가 흔쾌히 승낙했다. 팬티, 양말, 수건, 슬리퍼를 챙기는 나를 크게 신경쓰지 않았다. 나는 99만 3000원은 아빠 돈이니 먹고 싶은 음식을 먹자고 했다. 아빠는 병원에 갔다 와서 생각해보자고 했지만 나는 안 된다고 대답했다. 강제 입원의 조건 때문이었다. '알코올을 막 섭취한 상태일 것.'

"아빠가 먹고 싶어하던 복지리 어때요?"

아빠는 좋아했다. 비싸서 사주지 못하는 음식이었다. 처음 받은 수급비로 먹기에 좋은 음식이었다. 걷기 힘들어하는 아빠를 생각해

복지리를 포장했다. 하얀 복어 살점을 맛있게 씹은 아빠는 막걸리를 몇 모금 넘겼다. 반쯤 먹었을까, 배가 부르다고 했다. 아빠는 병원 갔다 와서 먹겠다며 남은 복지리를 냉장고에 넣었다. 나는 병원이 조금 머니까 가는 동안 나들이 떠난다고 생각하자고 말했다.

나보다 머리는 하나 더 크고 몸무게는 족히 두 배가 넘을 만한 두 사람이 양쪽에서 아빠를 잡았다. 아빠는 꽤 오래전 가족이 다 함께 〈토요 미스터리〉를 보다가 동생을 깜짝 놀라게 할 때처럼 천진한 표정이었다. 건장한 아저씨들에게 아빠는 저항하지 못했다. 아빠가 폐쇄 병동으로 들어가고, 곧이어 동생이 왔다. 나는 강제 입원 동의서를 내밀었다. 1촌 직계 가족 두 명이 동의해야 했다. 내 사인 옆에 동생이 사인했다.

"이게 옛날처럼 막 무섭고 그런 곳이 아니에요."

담당 의사의 말을 듣고 내 표정이 일그러져 있다는 사실을 뒤늦게 알았다. 무서운 폐쇄 병동 때문은 아니었다. 천진한 아빠의 얼굴이 계속 떠올랐다. 먹다 남은 복지리가 생각났다. 차라리 구슬려서 마음을 열게 하지 말고, 강제로 끌고 가 닫힌 마음으로 오게 할 걸 하면서 후회했다. 나를 믿게 한 일 때문에 큰 죄책감이 들었다. 어쩔 수 없는 일이라고, 아빠를 위한 일이라고, 속으로 되뇌었다.

의사는 4개월에 걸친 치료 과정을 들려줬다. 알코올 의존이나 중독 때문에 생긴 금단 증상이 극대화되다가 가라앉는 1단계 '안정', 자기의 병을 인식하고 잘못을 받아들이는 2단계 '숙고', 사회에 나가서 무엇을 하고 싶은지 상상하는 3단계 '준비', 상상을 실현하기 위해 준비하는 4단계 '실행', 다시는 알코올 의존에 빠지지 않기 위한 5단계 '유지.' 치료 그래프를 따라 손가락으로 쭉 선을 그었다. 4개월이면 꿈같은 일이 벌어진다고 했다. 완치. 성공률이 겨우 10퍼센트라는 기사를 봤지만, 일단 이 말을 믿는 편이 마음 편했다.

동생을 데리고 폐쇄 병동으로 갔다. 엘리베이터를 타고 4층으로 올라갔다. 문이 열리자 바로 앞에 바싹 붙은 문이 하나 더 있었다. 아까 아빠의 양팔을 감싸던 덩치들이 카드를 찍자 문이 열렸다. 폐쇄라는 말이 지니는 의미가 느껴졌다. 복도 중간쯤에 자리한 면회실로 들어갔다. 탁자에 음식 자국이 묻어 있고 곰팡내가 풍기는 작은 공간이었다. 간호사가 오더니 아빠가 환자복으로 갈아입고 있으니까 좀 기다려달라고 말했다.

면회실 옆을 지나치는 사람들이 우리를 빤히 쳐다봤다. 저 눈빛에 익숙해져야 하는 곳이었다. 저 사람들은 수급자가 됐을까? 1촌 직계 가족 두 명이 동의했을까? 어떤 박탈감을 느꼈을까? 술 마신다고 이곳에 오지는 않았겠지? 술 마시고, 돈 없고, 가족 사이 신뢰도 없는 사람들이겠지? 가족에게 짐짝이 될 때 들어오는 곳이겠지? 그 가족들은 의사를 만나 4개월짜리 신비로운 완치 과정을 듣겠지?

여기는 짐짝들을 모아두고서 완치라는 헛된 희망을 품는 곳이라고 서슴없이 생각하려다가 포기했다. 비관하기보다는 한번 믿어

보는 편이 나았다. 치료 프로그램에 참여하고 사람들하고 어울리면서 좀더 잘살자는 의지를 품게 될 수도 있었다. 환자복을 입은 아빠가 면회실로 들어왔다.

"아빠 정말 죽이고 싶다."

혼자 거울을 보고 있을 때, 동생이나 애인하고 통화할 때 그런 말을 했다. 처음에는 나도, 동생도, 애인도 흠칫했다. 시간이 지나면서 다들 그러려니 했다. 죽으면 다 끝날 일이었다. 정말 죽이고 싶다기보다는 죽음이 우리 앞에 있다는 사실을 인식하는 말에 가까웠다. 끝이 있으니 아직 더 해볼 용기를 가지라는 말이었다. 위악은 때때로 위안이 된다.

#14. 보호자의 울음과 환자의 웃음

남편이 입원한 아내, 아들이 입원한 어머니, 아버지가 입원한 아들
이 한데 모였다. 이런 자리를 한 번이라도 겪어본 사람이 있으면 좋
으련만 모두 처음이라 땅만 보고 둘러앉아 있었다. 사회복지사가
〈가족 교육 프로그램 — 알코올 중독이 가족에게 미치는 영향〉이라
는 자료를 돌렸다.

　모두 자료를 받은지 확인한 사회복지사가 말을 막 시작하려고
하는데 누군가 흐느끼기 시작했다. 아들이 입원한 어머니였다. 이제
20대 초반인 아들이 중독에 빠져 친구들에게 빚을 지고 인간관계가
다 끊기는 불행을 겪고 있었다. 간질 때문에 발작을 일으키면 집안
전체가 발칵 뒤집혔다. 사회복지사는 흐느끼는 환자 가족을 토닥였
고, 어머니가 서서히 울음을 그치자 이야기를 시작했다. 알코올 중
독은 의지에 달린 문제라기보다는 뇌질환이다. 알코올 중독자의 뇌

는 '술'을 보면 모든 신경이 빨갛게 달아오른다. 자기 중심적인 행동이나 핑계나 변명 같은 짓을 서슴없이 할 수 있다. 그 어머니가 울음으로 먼저 시작을 해줘서 다들 자리의 성격을 이해할 수 있었다.

뒤이어 남편이 입원한 아내가 말을 꺼냈다. 목이 메어도 참아가며 말을 이었다. 남편은 아내가 다른 남자하고 자는 소리가 들린다고 화를 내고, 약속을 자주 깨고, 폭력적인 모습도 보였다. 한번은 아내가 입원한 병원에 와서 술을 마셨다. 지난날 듬직한 남편을 그리워했다. 사회복지사는 공동 의존 현상을 설명했다. 알코올 의존인 남편 옆에 있으면 어느새 아내도 의존하는 모습을 보인다. 술이든 남편 돌보기든 자기를 괴롭게 하는 문제에 더 의존하게 된다. 그런 식으로 벗어나지 못할 덫에 스스로 더 빠져들 수도 있으니까 뭔가에 의존하게 되는 상태를 경계해야 한다.

다음으로 사회복지사는 나를 바라봤다. 아버지가 입원한 아들. 아빠가 치매가 시작됐고, 그래서 몇몇 괴로운 순간이 있었다고 설명하는 대신에 나는 이 병원에 거는 기대를 말했다.

"아빠가 사회적으로 활동하는 삶을 살면 좋겠어요. 사람 만나서 웃고 떠들고 미워하고 화해하고, 작은 일이라도 해서 적은 돈이라도 벌고, 옳고 그름을 판단하면서 더 나은 모습으로 살아가려 노력하는, 그런 사람이 됐으면 해요."

사회복지사는 중독관리통합지원센터와 감나무집이라는 곳을 알려줬다. 감나무집은 알코올 중독을 이겨낸 사람들이 재발 방지

프로그램에 참여하며 함께 살아가는 곳이다. 퇴원할 시기가 되면 아빠 상태를 보고 연결할 수 있는 지역 사회의 자원들을 좀더 소개해준다고 했다. 말하는 이의 욕구를 곧잘 파악해서 정서적이고 실질적인 처방을 내주는 사람이었다.

각자 돌아가면서 한 마디씩 거드니 40분이 금방 지났다. 가족 교육 프로그램이 끝나고, 이제 모두 자기 삶터로 흩어져야 했다. 위안이든 대안이든 뭐라도 얻어 갔을까. 서로 다른 고통 속에도 엇비슷한 노고가 있다는 사실을 알게 돼 큰 위안을 받았다.

면회실에 가서 아빠를 만났다. 병원에 미리 넣어둔 간식비를 잘 쓰는지 확인하려고 소지품을 살폈다. 담뱃갑을 열어보니 몇 개비가 거뭇거뭇 때가 타 있었다.

"이게 뭐예요? 어디 떨어트린 거예요?"

아빠는 활짝 웃었다.

"이거, 뭐, 따먹기 한다고 걸어서 딴 거야."

게임에서 판돈 대신 건 담배가 돌고 돌며 이 사람 저 사람 손을 타다가 거뭇거뭇해진 모양이었다.

"아빠, 재밌어요?"

"재미있기는 뭘, 할 거 없으니까 하는 거지."

"그럼 아예 웃을 일이 없겠네?"

아빠의 웃는 얼굴을 한 번 더 보고 싶어서 떠보듯 물었다. 아빠는 윷놀이도 하고 노래도 부르면서 서로 웃는다고 했다.

"멍청한 놈이 지가 걸어놓고도 몰라."

무엇보다 '따먹기'를 할 때가 가장 웃기다면서 활짝 웃었다.

"어떤 놈은 가족들이랑 외출할 때 병실 창문 밖으로 실을 내려놓았다가 가족들 몰래 술 사서 실에 매달아 놔. 그럼 새벽에 일어나서 다들 몰래 한 모금씩 하는 거야."

재미있는 이야기라며 무용담을 들려주는 아빠가 철없어 보였다. 병 인식, 치료 4단계, 뇌질환 같은 치료 지식은 아빠의 웃음하고 함께 휙휙 날아갔다. 폐쇄 병동 안이 이렇게 희희낙락할 줄 몰랐다. 그래도 아빠는 금단 증상이 무척 심한 사람이 물건을 때려 부수거나, 밤에 소리를 지르거나, 똥오줌을 가리지 못하는 일들 때문에 힘들다고 했다. 빨리 나가게 의사한테 말해달라고 부탁했다.

"아빠가 나가면 뭘 할 수 있는데? 또 술만 마시려고?"

나는 일부러 악의적으로 말했다. 그럼 지존심에 생채기가 난 아빠는 버럭했다.

"너보다는 나아. 나는 나가서 미장일을 하면서 살 거야."

"미장일 못 하면?"

"그럼 아무 일이라도 해야지!"

아빠가 '아무 일이라도 하겠다'고 선언했다. 나는 면회 날만 되면 그 일하고 싶은 마음을 묻고 또 물었다. 작은 불씨가 꺼지지 않게 호호 불 듯이 어떤 일을 하고 싶은지 쉬지 않고 물었다. 6개월 뒤

폐쇄 병동을 나가면 바로 일할 수 있는 환경을 만들고 싶었다.

주민센터 복지 담당자에게 내 계획을 설명했다. 아빠가 알코올성 치매인데 술을 끊고 약을 꾸준히 먹으면 많이 회복될 듯해 폐쇄 병동에 입원시켰다고. 법적으로 강제 입원은 6개월만 되는데, 그 기간이 끝나면 자활 근로나 공공 근로를 하고 싶다고. 동네에 있는 자활 업체 전화번호를 받았다. 주 5일 8시간이라도 일하고 사람 만나는 삶을 살아가기를 바랐다.

"안 될 것 같습니다. 아버님이 일하기는 쉽지 않을 거 같은데요."

"제가 출퇴근을 동행할 수도 있고, 일할 때 깜빡깜빡할 수 있으니까 초반에 적응하는 것만 도와주시면 될 거 같은데, 안 될까요?"

"근로 능력 없다고 받지 않으셨어요?"

"받기는 받았는데, 아버지가 일을 하고 싶어하셔서요."

"저희도 수익을 내야 하는 곳이라서 조금 곤란한 게 있습니다."

치매라는 말은 블랙홀이었다. 치매는 남아 있는 아빠의 능력을 다 빨아들여 없는 셈 치게 만드는 마법을 부렸다. 조금 심한 건망증이라고 말하면 사람들은 확인 사살을 했다.

"치매 말씀하시는 거죠?"

모두 눈에 띄게 곤란해했다. 아빠의 마음속에서 일하겠다는 불씨가 꺼지지 않게 호호 불면서, 그 불을 쓸모 있게 쓸 곳을 찾으려 했다. 6개월은 금방 갔다. 아무런 대안을 찾지 못했다. 아빠는 사람들하고 기분 좋게 인사를 나누면서 폐쇄 병동을 나섰다.

#15. 아빠는 기억을 '편집'한다

아빠는 구두 공장 면접을 보고 왔다는 말을 자주 했다. 공장이 휘경동에 있다든지, 면접관이 친구의 친구라든지 세세하게 묘사했다. 예전 기억인 듯한데, 언제 일인지는 알 수 없었다. 병원을 나온 뒤 아빠는 동네 마실 나가는 정도만 외출했다. 그나마 식당이나 마트, 은행이 어디 있는지를 잘 기억해내지 못했다. 집을 찾지 못해 헤매기도 했는데, 그때마다 같이 나간 강아지가 집으로 데려왔다. 퇴근할 때 전화해서 같이 장을 보기로 약속하면, 아빠는 약속을 까맣게 잊고 집에서 텔레비전을 봤다. 그때마다 안 나온 이유를 물으면 구두 공장에 가 면접 보고 왔다는 대답이 돌아왔다.

　기억이 뒤죽박죽되는 사이에도 내 말을 듣기 싫다는 아빠의 의지는 뚜렷했다. 그럴 때 나는 '나라' 탓을 했다. '나라'가 요청해서 해야 한다고 하면 곧잘 따랐다. '나라에서 시켜서', '나라에서 감시해서', '나라에서 안 된다고 해시'처럼 나라를 빌미로 삼아 아빠에게 작은 책무를 부과했다. '나라'와 아빠가 서로 의지하게 하고, 그런 관계를 핑계로 조금씩 좀더 나은 삶의 방향을 잡아가려 했다.

아빠가 새벽마다 벌이는 소란에는 '나라'를 들먹이는 이런 방식이 소용없었다. 횟수가 줄기는 했지만, 아빠는 여전히 새벽마다 달그락거리며 연장을 정리했다. 잠이 깬 나는 아빠에게 화를 낸다. 아빠는 알아서 잘살 테니 신경 끄라며 연장 가방을 들쳐 메고 나가버린다. 그럴 때마다 나가서 죽든 말든 이제 상관하지 말자는 마음이 들다가도, 길 잃어서 굶어 죽지는 않을까 하는 걱정이 솟는다.

아빠는 남아도는 기력으로 폐지를 줍기 시작했다. 내가 돈은 주지 않고 같이 가서 사주기만 하니까 자기 마음대로 쓸 수 있는 비자금을 마련하려 했다. 언제 어디서나 마음 내키는 대로 일을 시작하고 끝맺을 수 있으면서 운동 삼아 할 수 있는 소일거리였다. 원래 하던 사람들도 가뜩이나 주울 게 없을 텐데 빼앗지 말고 다른 일을 찾아보자고 했지만, 그런 여러 장점을 지닌 '활동'은 없었다.

한번은 아빠가 손수레 위에 모아둔 폐지를 훔치는 할머니들을 봤다. 아빠도 집 앞에 쌓아둔 폐지가 사라지는 사실을 모르지 않았다. 왜 고생해서 모아놓고 뺏기느냐며 나무랐지만 아빠는 태연하게 또 모으면 된다고 대답했다. 그런 아빠를 보고 있으면 고물상에 가서 돈이라도 제대로 받을 수 있을까 하는 걱정이 들었다.

아빠는 2000원, 3000원씩 베개 속에 모은 돈을 꺼내 용돈을 주기도 했다. 자기가 많은 돈을 모은 만큼 나한테 주고 싶다고 했다. 5000원을 받았다. 10년 만에 받은 용돈이었다. 문제가 없지는 않았다. 아빠는 남는 돈으로 술을 샀다.

몰래 술을 마시면 마실수록 치매 증상이 심해졌다. 기초 생활수급자가 돼 금전적인 부담은 크게 줄었지만, 돈으로 해결하지 못하는 문제였다. 시도 때도 없이 편집되는 아빠의 기억을 어떻게 해 볼 도리가 없었다. 일어나지도 않은 일을 바로 직전에 겪은 사람처럼 말하고, 또 말하고, 다시 말하고, 피곤해서 잠이 들 때까지 말했다. 아빠와 나 사이에 건널 수 없는 강이 흐르고 있었다.

포털 사이트를 열어 검색을 시작했다. 지금 내 상황을 해결할 만한 제도를 찾아보다가 노인 장기요양 보험을 발견했다. 요양이 필요한 정도에 따라 등급 심사를 하고, 등급에 따라 요양 서비스를 제공하는 제도였다. 요양 등급을 받으면 요양보호사라는 전문가를 집이나 가까운 주간보호센터에서 만날 수 있었다. 건강보험료를 낼 때 왜 함께 내야 하는지 궁금해한 장기요양보험이 필요한 때였다. 남은 일은 진단명을 둘러싼 싸움이었다. 기억력 감퇴를 지연시키는 약을 처방하는 신경정신과 병원에 찾아갔다.

"선생님, 아빠가 매번 일어나지도 않은 일로 거짓말을 해요. 자기도 계속 집에 있다는 사실을 모르지 않을 텐데, 구두 공장 면접을 보고 왔다고 하고, 신 소장이라는 사람이 일 나오라고 전화했다고 해요. 기억이 없으면 없다고 말하면 되는데, 계속 똑같은 말을 해서 제가 너무 힘들어요. 치매 진단을 내려주시면 안 되나요?"

아빠는 시도 때도 없이 과거의 기억을 끄집어내어 나를 당황하게 했다. 그게 억울했다. 아빠가 나를 골탕 먹인다는 생각까지 들었다. 무엇보다도 지금 눈앞의 현실에 아빠하고 함께 있고 싶었다. 그렇게 하지 못하는 상황이 큰 불행처럼 느껴졌다. 억지로 치매 진단을 부탁했다. 종이 한 장짜리 치매 검사를 다시 해보기도 했다.

"세모 모양 아시죠? 여기에 그려볼까요?"

아빠가 볼펜을 들었다. 삐뚤빼뚤한 삼각형이 겨우 완성됐다.

"우리나라 대통령이 누구죠?"

"모르겠어요."

다음 질문으로 넘어가려는데 아빠가 허리를 곧추세웠다.

"문, 문, 그 문, 문재인!"

"제가 말하는 단어 세 가지를 기억하세요. 비행기, 연필, 나무. 잠깐 뒤에 물어볼게요."

아빠는 곰곰이 생각에 잠겼다.

"여기가 몇 층이죠?"

"모르겠어요. 아, 2층인가, 3층인가. 그냥 2층으로 할게요."

찍어서 정답을 맞혔다.

"자, 그럼 아까 말한 세 가지 단어를 말해볼까요?"

더듬더듬 한 1분쯤 걸려 한 글자씩 떠올리다가 결국 다 맞혔다.

"비, 비행기, 연, 연필, 나, 나, 나무!"

초기 치매 가족들은 이 관문을 꼭 넘어야 한다. 이 종이 한 장짜리 관문을 통과하려고 일부러 틀린 답을 말하라는 요령이 공공연하게 공유되고 있었다. 유용한 정보였다. 일상의 고통을 담아내지 못하는 한 장짜리 관문은 무시할 만했다. 나도 '나라에서 시켜서' 하는 일이니 일부러 다 틀린 답을 쓰라고 말해야 했을까?

기어코 문제를 다 맞히려는 아빠를 어떻게 해볼 수 없었다. 의지를 갖고 뭔가 해보려는 태도야말로 내가 바라던 회복된 아빠의 모습이었다. 타들어가는 아들 속도 모르고 문제를 다 맞히는 아빠가 밉고, 다 맞히려는 아빠가 안쓰럽고, 다 맞히는 아빠가 기특했다. 한 문제라도 더 맞히려는 의지가 치매 검사지 위에서 리허설을 했다면, 이제 세상이라는 무대 위에서 시연될 수도 있을 듯했다. 그런 아빠에게 문제를 틀리라고 요구해야 하는 상황이 영 내키지 않았다. 한 번쯤은 아빠라는 약자가 아니라 의사라는 강자에게 먼저 말하자 싶었다. 초조하게 의사가 할 진단을 기다렸다.

"제 말 잘 들으세요. 아버지는 지금 거짓말하는 게 아니에요. 중간중간 기억이 편집돼서 없어졌다고 보면 돼요. 거짓말처럼 들리는 말은 앞에 있는 아들이랑 얘기해야 하니까 중간중간 없어진 부분을 생각나는 기억으로 채우는 겁니다. 소통하려고요. 지금 아버지는 치매 진단 받고 요양 등급 받기에는 너무 일러요. 다음번에 약 타러 올 때는 아버지 혼자 오게 하세요. 전화로 잘 가고 있는지 체크하시고요. 생활 속에서 기억력을 향상시킬 수 있는 방법을 쓰면 좋습니다."

미처 생각하지 못한 발상이있다. 그동안 나를 괴롭힌 거짓말과 허상이 잘려 나간 기억과 기억 사이를 이으려는 노력이었다니. 아빠는 지금, 바로, 여기에 가장 충실하게 살아온 셈이었다. 현재에서 살아가는 나하고 소통하느라 과거와 현재와 미래를 분주하게 넘나들고 있었다. 내가 현재에 집착하지 않는다면 아빠하고 통할 수 있는 길이 열릴지도 몰랐다.

"야야, 구두 공장에 면접을 보러 갔는데, 밖에서는 손님들 발 사이즈 재고, 바로 뒤에서 구두를 만들어."

"그래요? 그럼 결과는 언제 연락 준대요? 일은 할 만할 거 같아요? 구두 만드는 일이 재미있으면 좋겠네."

"재미는 무슨. 다 돈 벌라고 하는 거지."

언제 겪은 기억인지 알 수는 없지만, 이제 아빠의 말 속에 흐르는 아빠라는 의지를 나도 느끼게 됐다.

#16. 어린 아버지에게 보내는 편지

40년은 족히 됐을 네 사진을 내가 보게 될 줄 누가 알았을까? 벽돌 더미 위에 앉아 환하게 웃고 있는 네가 보였어. 네 사진을 발견하고 한참을 들여다보는데 영 어색했어. 내가 너를 발견한 사실을 너는 모른다는 생각을 하니 시간의 간극이 느껴진다. 사진 속 네 모습을 보니 네 있음과 없음에 관해 생각해보게 돼.

40년쯤 지나서 네 기억이 없어진다는 사실을 누가 알았을까. 네 미래, 내 현재의 너는 치매가 시작돼 기억이 점점 사라지고 있지. 얼마 안 있으면 네가 존재한 사실을 알려줄 수 있는 증거가 이 사진말고 없게 돼지. 너는 참 용감해서 형제 중에 가장 먼저 서울에 올라왔다고 들었어. 자리를 잡아서 형제들이 정착할 돈과 막냇동생이 자동차 기술을 배울 돈을 모두 마련했다고 했지. 미장 기술 잘 배워서 가족들 돕고, 너도 가족 꾸려 성실하게 잘사는 게 목표였을 테지.

너는 미래에 경도 인지 장애를 진단받고, 다음으로 정체 불명의 치매라는 판정을 받았어. 마치 더는 제 몫의 삶이 불가능하다는 말처럼 들렸어. 그래도 나는 네가 너 자신으로 살도록 지지하고 싶었다. 아주 사소하더라도 눈앞에 놓인 일들을 선택하면서 네 일상을 스스로 유지하기를 바랐지. 그래서 대책을 세웠다. 집 안에서 너를 돌볼 방법을 말이야. 네가 날마다 먹어야 하는 약봉지를 길게 늘어뜨려 벽에 붙였지. 그럼 네가 약을 먹었는지 안 먹었는지 잘 확인할 수 있을 테니까. 네 방에는 '베이비 캠'이라고 부르는 감시용 카메라를 달았어. 쌍방향 소통을 할 수 있다고 해서 샀는데, 내 목소리가 너한테 잘 전달되지 않아서 화면만 봐야 했지. 너무 많은 일을 감시하는 도구라고 생각하면서도 어쩔 도리가 없다고 생각했어. 내가 일을 할 때 너를 확인할 수 있다는 데 만족해야 했어.

네가 반복해서 헷갈리는 일들을 프린트해서 경고문처럼 집 안 곳곳에 붙여놨지. 네가 깜빡할 때 네 시선이 어디에 머물지 고민했어. 수도꼭지 방향을 매번 잊는 너를 위해 키 높이에 '뜨거운 물은 오른쪽이 아니라 왼쪽입니다'는 문구를 붙였어. 일 나가야 한다고 새벽마다 연장 손질하고, 지갑 찾고, 교통카드 충전량을 확인하니까 새벽에 일어나면 볼 수 있는 방문 눈높이에 그런 일을 하지 않아도 괜찮다고 써뒀지. 그렇게 차근차근 네가 인지할 수 있게 반복해서 얘기하고 위험한 요소를 경고했지.

네가 겪는 치매 초기 우울증은 내가 어떻게 해볼 수 없더라. 계

속 앞선 상황을 잊는 너 자신에게 화가 나고, 화난 이유를 잊는 일
이 반복됐지. 왜 화를 내느냐는 내 물음이 너를 더 혼란스럽게 했을
거야. 내가 그 점을 알아채고 대처할 방법을 고민할 때쯤, 네가 그만
발등에 화상을 입었지.

라면 때문이었어. 너는 라면을 먹고 싶었어. 혼자 라면을 끓였
고, 다 끓인 라면을 밥상으로 가져가다가 그만 발등에 엎어버린 거
야. 음식물 찌꺼기를 버리고 바닥을 닦았겠지. 너는 발등을 덴 사실
을 잊었어. 혼자 목욕을 하다가 발등 피부가 벗겨지자 흉한 몰골이
보기 싫어서 양말을 덧신었어. 내가 네 상처를 한참 발견하지 못한
이유야. 뒤늦게 살갗이 다 벗겨진 네 발등을 보고는 너무 놀라 소리
부터 질렀어. 벌겋게 익어서 기포가 생겨 있었어.

이것저것 검색을 해도 아무 병도 찾을 수 없는 거야. 너는 화상
을 입었다고 말하지 않았고, 나는 발이 썩는 병을 검색했지. 당뇨발.
당뇨 합병증으로 발이 썩는 병이 눈에 들어왔는데, 이해가 잘 안 됐
어. 너는 당뇨 약을 꼬박꼬박 잘 먹었거든. 처음 입원한 종합 병원
에서는 당뇨발이라고 진단하더니 곧 잘라야 할 수도 있다고 했지.
그 말을 듣고 놀라서 너는 기절했어. 나도 발만은 자르지 않기를 바
라고 또 바랐다. 미심쩍은 마음에 다른 종합 병원 두 곳을 들러보니
네 발은 화상이라는 거야. 당뇨가 있는데 화상까지 입으니 치명적
인 상태라고 했어. 부엌에 왜 라면 국물이 흘러 있었는지 그제야 이
해가 됐어. 화상 전문 대학 병원에 입원해야 했지.

아빠가 아빠에게.
어린 아버지에게 어른 아들이 보내는 편지들.

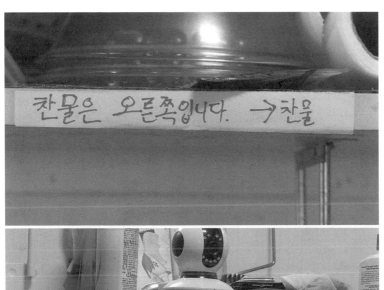

찬물은 오른쪽입니다. →찬물

카메라 방향 만지지마세요
그냥 두세요.

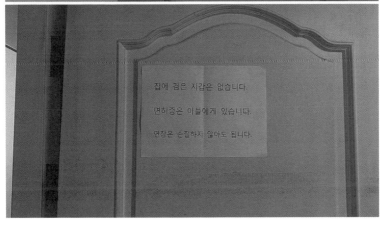

집에 검은 지갑은 없습니다.

면허증은 아들에게 있습니다.

연장은 손질하지 않아도 됩니다.

그때 나는 단편 영화를 제작하고 있었어. 프리랜서 일도 몇 개 계약한 상태였지. 스케치 영상을 제작해서 납품해야 했고, 어느 기관에서 발행할 이야기 책자를 기획해서 확인받아야 했어. 굶어 죽지 않을까 걱정하던 때를 생각하면 하고 싶은 일도 하고 만들고 싶은 작품도 만들게 됐지. 일상이 풍요롭다고 느낀 유일한 한 해일지 몰라. 마음의 여유가 생겼고, 그래서 너에 관해 고민하고 성찰하는 시간이 됐어. 물 들어올 때 노 저어야 한다면서 밀려오는 일들을 신나게 하고 있었어. 나는 아직 젊으니까, 잘 해낼 수 있으니까, 내가 하고 싶은 일을 돈 받고 할 수 있으니까.

화상을 입은 네가 장기 치료에 돌입하니까, 나는 일도 못 하고 너도 돌볼 수도 없게 됐어. 결과물을 바로 납품해야 하는데 일이 손에 잡히지 않았어. 계약을 파기하자니 네 간병비와 수술비를 감당할 수 없었어. 너를 돌보는 데 집중하자니 일을 잘 처리하지 못해서 파트너들하고 신뢰가 깨질까 걱정됐지. 그런 걱정이 너를 미워하는 마음으로 흘러갔고. 네가 두 번 쓰러진 때도 멀쩡했는데, 이번에는 정말 속절없이 눈물이 나더라. 꿈이 현실이 돼가고 내 삶에 만족하는 상황이라 더 그랬겠지. 벗어날 가망 없이 얼마나 더 이런 사고를 감당해야 할지, 나는 언제 앞으로 나아갈 수 있을지 암담했어. 병실에 있으면 숨을 쉬기 힘들었고, 의사가 피부 이식 수술을 고려하던 일주일 동안은 잠도 못 잤지.

너는 병실에 누워서 발을 자를지도 모른다며 두려워했다. 그런 너를 보면서 네가 두 발을 딛고 서서 다시 뭔가를 시도하려던 때가 생각났어. 내가 초등학생 때, 네가 이혼을 한 뒤였지. 그때 너는 컴퓨터를 배우고 싶어했어. 나는 배우고 싶어하는 네가 귀찮아서 계속 회피했지. 너는 스스로 피시방에 갔어. 옆에 앉은 청소년들에게 과자를 사주면서 컴퓨터를 배우려 해도 잘 알려주지 않는다고 했어. 짜증 섞인 말투로 그 이야기를 하던 날이 기억난다. 다시 그때로 돌아가고 싶다는 생각이 들었어. 뭔가 배우고 익히려 하던 때의 너한테 도움이 돼야 했는데 말이야.

다방에서 일하는 여성을 잠깐 만난 때도 있었지. 그 여성은 너한테 잘하려 했지만, 나는 다방에서 일하는 여자를 왜 만나느냐고 나무랐어. 두 사람이 함께 있는 자리에 비에 젖은 우산을 던졌지. 이혼 뒤에 다시 시작해볼 수도 있겠다고 다짐했을 텐데, 내가 그 마음을 짓밟은 듯해. 내가 그 여성에게 친절하게 대했으면, 너는 지금하고는 다른 사람이 돼 있을지도 몰라.

이혼하고 혼자 남은 방에서 너는 밤을 지새웠을 거야. 한번은 너하고 내가 식당에서 밥을 먹고 집으로 돌아가는 길에 우연히 만난 동네 아저씨가 안부를 물었어. 이혼하고 나서 마음이 어떤지, 잘 이겨내고 있는지 말이야. 너는 주저앉더라. 말이 되지 못하는 슬픔을 한숨과 탄식으로 드러내더라. 다시 아침이 되면 달걀을 푼 미역국을 끓이고 설탕과 소금으로 간한 양파볶음을 올린 밥상을 차렸지. 여전히 나는 네가 해준 음식을 맛있게 기억한다.

내가 이제 갓 스무 살이 되거나 더 어린 너를 만나면 무슨 말을 할 수 있을까. 아직 네 삶에 결혼도 아이도 없을 텐데 말이야. 네 미래 계획을 물어볼까? 뭘 잘하느냐고, 뭘 하고 싶냐고 물어볼까? 뭘 두려워하는지 지켜볼까? 아니면 술을 너무 많이 마셔서 치매에 걸리니까 아예 입에도 대지 말라고 일러줄까? 나중에 결혼하면 솔직하게 말하고 듣는 습관을 들이라고 말해줄까?

아무 말도 못 하겠지. 정말 너를 만날 수 있다면, 나는 그저 너라는 존재를 확인할 뿐이겠지. 그런 만남이 꼭 불가능하지는 않아. 네 기억이 차차 사라지면서 그 시절의 너를 다시 만날 수 있을지도 몰라. 요즘 기억이 점점 사라지면 언젠가 아빠의 현재는 네가 될 테니까. 그렇게 너를 만나볼 수 있다면 이 상황이 아주 절망적이지만은 않은 듯하다. 다행히 너는 발을 자르지 않았으니까, 그 두 발로 다시 뭔가를 해보면 좋겠다.

아버지의 초기 치매 증상에 적응하면서 소통하는 법을 익히자 오히려 치매에 걸려 다행이라는 생각까지 들었다. 우리 사이가 더 친밀해지고, 아빠를 이해하게 됐다. 치매 증상을 처음 마주한 때는 말이 안 통해 힘들었다. 돌이켜보면 그전부터 소통은 안 됐다. 어쩌면 아버지와 나 사이에서 치매는 또 다른 계기일지도 모른다.

그리스 영화감독 테오도로스 앙겔로풀로스가 남긴 유작 〈먼지의 시간〉과 구술 생애사 작가 최현숙이 쓴 《할배의 탄생》이 큰 도움이 됐다. 〈먼지의 시간〉에서 주인공은 젊은 시절 부모가 가장 힘든 순간에 찾아가 포옹을 해준다. 과거로 돌아가는 플래시백 같은 효과도 없고, 타임머신 같은 기계도 나오지 않는다. 그저 울고 있는 젊은 부모에게 늙은 아들이 다가가서 꼭 안아줄 뿐이다.

《할배의 탄생》을 읽고 나서 〈먼지의 시간〉 속 저 장면을 이해할 수 있었다. 구술 생애사라는 방식으로 타인의 삶을 듣고, 그 삶에서 도출된 의견에 반박하거나 공감하면서 관계 맺는 방식을 알게 됐다. 한 인간의 과거로 들어가서 꼬여 있는 부분을 같이 풀어줬다. 〈먼지의 시간〉과 《할배의 탄생》을 보지 않았으면, 사진 속 어린 아버지한테 말을 걸어보려는 마음을 가질 수 없었다. 너무 괴로워 술을 잔뜩 마신 날, 나는 어린 아버지에게 편지를 썼다.

#17. 요양 병원 506호

아버지는 걷다가 픽 쓰러졌다. 내가 양어깨를 붙잡고 있어도 다리에 힘이 풀리면 아버지의 몸은 바닥에 나뒹굴었다. 그럴 때마다 거리를 오가는 사람들의 시선이 우리에게 달라붙었다. 구경하려는 눈과 도와주려는 눈은 표정부터 달랐다. 한참 눈을 떼지 못하는 사람들에게 나는 소리쳤다.

"뭘 봐요? 구경났어요!"

곧바로 눈을 피하는 사람도 있고, 빤히 나를 쳐다보면서 시비를 거는 사람도 있다. 주저앉은 아버지의 겨드랑이에 손을 넣어 들어올렸다. 놓으라며 신경질을 내는 아버지를 끌고 서둘러 구경꾼들 틈을 빠져나갔다. 구경꾼들도 한겨울 추위에 옷을 여미며 자리를 떴다.

화상을 치료하는 약물을 투약하다가 부작용이 생겼다. 콩팥 수치가 갑자기 올라갔다. 스테로이드를 먹으며 안정될 때까지 병원에 머물러야 했다. 발등에는 기적처럼 새살이 돋아나고 있었지만, 약물 부작용 때문에 아버지의 얼굴과 몸은 땡땡하게 부어올랐다. 예정보다 긴 시간을 병원에 누워 있어야 했다.

돈이 문제였다. 빨리 대학 병원을 나와 요양 병원으로 옮기고 싶었다. 하루 8만 원씩 간병비가 들지 않을 테니 말이다. 퇴원 예정일이 나온 뒤 요양 병원 여러 곳에 전화를 했다.

"보호자님이 생각해보세요. 술 드시고 싶어서 나가서 술 드시고 오고, 아직 젊어서 힘도 있으실 텐데, 거기에 치매라면 누가 제어하고 통제합니까?"

어투와 단어만 조금씩 다를 뿐 하는 말은 거의 같았다. 치매, 알코올, 화상, 젊음이라는 네 단어가 버무려지면 무섭고 곤란한 환자가 된다. 아버지를 좀더 좋은 요양 병원에 입원시키고 싶었는데, 어느 곳도 받아주지 않았다. 병원은 보이지 않는 국경이 돼 철저한 입국 심사를 했다. 테러 위험을 감지하고 요주의 인물을 파악했다. 그런 환자를 두고 어느 신문은 '치매 난민'이라고 불렀다. 치매 난민 아버지는 좋은 곳에서 조금 안 좋은 곳으로, 거기에서 더 안 좋은 곳으로, 다시 많이 안 좋은 곳으로 흘러 갔다.

대학 병원 출구에서 한 100미터쯤 걸었을까. 10분을 넘기고 있었다. 칼바람에 귀가 떨어질 듯한 날씨였다. 휠체어를 안 탄다고 버티는 아버지하고 맞버틸 힘이 남아 있지 않았다. 일하고, 아버지 상태를 살피고, 간병비 걱정하고, 일하느라 며칠을 잠도 자지 못했다. 내 걸음으로 10분도 걸리지 않을 거리였지만, 아버지를 데리고 걸으니 40분을 넘긴 뒤에야 요양 병원 앞에 도착했다.

겨우 받아준다는 병원 앞에서 아버지는 기어코 들어가지 않겠다고 버텼다. 몸에 힘도 없으면서 엉덩이를 뒤로 쭉 뺐다. 추워서 이를 달달거렸다. 안간힘을 다했다. 자그마한 병원 로비에 앉아 있던 사람들이 구경하러 나왔다. 카운터를 지키던 사람들도 눈을 흘겼다. 아버지와 나를 맞이하러 나온 원무과 직원도 주춤하며 뒷걸음질쳤다. 쥐구멍에 숨고 싶은 심정이었다.

"집에 갈 거다. 길거리 나앉더라도 나는 집에 갈 거다. 니미 씨발."

저기 대학 병원보다 좋은 곳이라고, 자유롭고, 밥도 잘 나오고, 재활하는 곳이라고 아버지를 회유했다. 이런 말이 통하지 않는다는 사실을 잘 알았지만, 나를 둘러싼 시선들 앞에서 평범하고 합리적인 말을 써야 한다는 압박을 느끼고 있었다. 입원하고 있던 한 할아버지가 실랑이하는 우리를 보다 못해 한마디 거들었다.

"에휴, 아들 힘들게 하지 말어. 좀 들어가유."

아버지는 바로 옆에 서 있는 할아버지를 본체만체 못 들은 척했다. 실랑이 끝에 정적이 찾아오고, 나는 아버지의 멱살을 쥐었다.

"내가 지금 간병비만 300만 원을 넘게 썼어! 그런데 왜 말을 안 들어! 왜!"

무작정 내뱉은 말이었다. 병원에 가기 싫은 마음을 이해할 뿐 아니라 한편으로 수긍하고 있었다. 그렇지만 지금 내가 할 수 있는 일은 이것밖에 없기 때문에 더 위악적으로 억울함을 연기하면서 상황을 합리화했다. 멱살을 쥔 채로 병원 안 원장실까지 아버지를 끌고 갔다. 아버지는 다시 잠잠해졌다. 잠잠해져서 원장의 말을 듣고 있는 아버지 뒤에서, 나는 씩씩거렸다. 좀 전의 내 행동과 주변의 시선을 여전히 감당하지 못하고 있었다. 원하는 결과를 얻었지만 그 과정에서 늘 비릿한 패배감이 느껴졌다.

오래된 공간에서 풍기는 큼큼한 냄새가 코를 찔렀고, 원장은 입원한 환자들보다 더 나이가 지긋했다. 횡설수설하는 말이 귀에 잘 들어오지 않았다. 아버지는 잘 알아듣는 양 팔짱을 끼고 고개를 끄덕였다. 설명이 끝나고 우리 앞에 서류가 놓였다. 〈기관내삽관술, 심폐소생술, 인공호흡기 거부 동의서〉. 원장이 말을 이었다.

"우리 요양 병원은 전문 인력이 없어서 이걸 꼭 동의해야 입원할 수 있습니다."

'환자의 상태가 위급하여 생명 유지를 위한 기관내삽관술, 심폐소생술, 인공호흡기의 필요성이 있을 때 이러한 시술의 시행을 원치 않는다'는 조항이 핵심이었다. 입원 절차를 여러 번 밟았지만 이런 서류는 처음이었다. 밀려나고, 밀려나고, 밀려나서 온 요양 병원은 이런 서류도 왠지 잘 어울렸다. 치료 기능이 멈춘 지 꽤 오래된 곳이었다. 고려장 같은 말이 떠올랐지만 죄책감에 시달릴지도 모르니 얼른 머릿속에서 지웠다. 원장이 먼저 서류에 이름을 쓰고 사인을 했다. 다음으로 아버지가 삐뚤빼뚤 자기 이름을 적었다. 내가 날짜, 이름, 관계를 적고 사인을 해 마무리했다.

치매라고 말하자 아버지는 곧바로 치매 병실을 배정받았다. 병실에는 1인당 하루 3만 원씩 받고 환자 6명을 돌보는 공동 간병인이 있었다. 누워서 일어나지 못하고 거울로 병실 풍경을 바라보는 할아버지 옆이 아버지 자리였다. 할아버지가 거울 안에서 환하게 웃으며 아버지와 나를 반겼다. 곧 기저귀를 버리고 온 간병인이 들어왔다. 분홍색 사우나복 같은 유니폼을 입은 할아버지였다. 아버지는 같이 지낼 사람들이 못마땅한 듯 눈을 흘겼다.

2주가 지나고 원장을 다시 만났다. 대부분 밖에 머무는 탓에 병원에서 만나기가 쉽지 않았다. 아버지를 일반 병실로 옮겨달라고 했다. 아버지는 이제 여기가 어디고, 무엇을 하는 곳이고, 어떻게 이동해야 하는지 익히고 적응했다. 굳이 하루 3만 원을 더 낼 필요가 없었다. 원장은 치매라서 안 된다고 완강하게 나왔다. 나는 그런 완강함을 뚫는 데 익숙했다. 아버지를 맨 꼭대기 5층에 있는 일반 병실로 옮기기로 했다.

다른 병실들이 늘어선 복도를 지나, 조리실을 지나, 간호조무사 휴게실을 지나 코너를 돌아서야 옮길 병실이 나타났다. 506호. 아무도 없을 듯한 허름한 입구하고 다르게 아저씨 세 명이 텔레비전을 보고 있었다. 아저씨들은 의외로 담담하게 아버지를 환영했고, 옷

가지나 소지품을 어디에 놓으면 되는지 일러줬다. 그 덕에 간호사가 오기 전에 아버지 자리가 다 정리됐다.

"여기 다 모여서 술 먹고 그러는 거 아니죠?"

아저씨들한테서 술기운이 느껴졌다. 치아와 눈매, 피부색, 환자라고 하기에는 건강한 신체가 의심스러웠다. 굽이굽이 긴 통로를 지나 아무도 찾지 않을 듯한 곳에 자리한 병실도 의심을 키웠다.

"어휴, 여기는 술 먹으면 바로 아웃이야. 아웃!"

검정 패딩 아저씨가 말했다.

"안 먹어요. 우리는. 진짜 우리는 여기 없으면 살 곳이 없어요."

노란 패딩 아저씨가 덧붙였다. 안심이 됐다. 술을 안 마신다는 말을 믿는다기보다는, 마셔도 이 정도로 능청스레 대처할 수 있다면 괜찮다 싶었다. 아버지가 병원에서 '아웃'될 일을 걱정하지 않기로 했다.

며칠이 지나고, 그 사람들의 가족이 오가는 모습을 보고, 오래 산책하는 그 가족들을 보고, 자주 만나고도 내가 누구인지 못 알아보는 이들을 보고, 나는 그 아저씨들을 알아갔다.

어느 날은 같이 산책하고, 어느 날은 함께 이발소를 갔다. 506호는 경계의 장소였다. 가족하고 완전히 떨어지지도 않고, 병원 안과 밖에 있고, 정신이 오락가락하는, 어느 한쪽으로 완전히 치우치지 않은 사람들이었다. 아버지처럼 사회가 받아주지 않아서 하는 수 없이 여기에 있는 듯했다.

"여보세요?"

요양 병원이었다.

"아, 네. 아드님. 저희가 506호 공사를 해야 해서요. 퇴원을 해야 할 거 같은데."

갑작스럽게 퇴원하라는 말에 당황했지만, 먼저 무슨 공사이고 얼마나 걸리는지 물었다.

"아, 이게 한 달 정도 걸릴 거 같은데, 그 506호가 스프링클러가 없어서요. 불나면 다 죽으니까. 그 공사를 하려고 하는 겁니다."

506호로 가는 길고 긴 통로를 떠올리면 스프링클러가 없는 편이 더 잘 어울렸다. 심폐 소생술 거부 동의서를 받는 병원에서 스프링클러를 뒤늦게 설치한다니 영 어울리지 않았다. 한 달 정도 다른 병실로 가면 되지 않느냐고 되물었다.

"다른 병실은 이미 다 차 있어요. 갈 병실이 없어서 506호 사람들 다 나가는 겁니다."

지금 나가면 어느 요양 병원도 아버지를 받아주지 않을 듯했다.

"혹시 부천 괜찮으세요? 내과도 있고 정신과도 있는, 부천에 좋은 병원 있는데."

"어딘데요?"

"여기서 그렇게 멀지도 않아요. 좋은 병원이고. 가신다면 저희가 연결해드리겠습니다."

선택지가 없었다. 다음날 바로 다른 병원으로 이동하기로 했다.

#18. 착실한 병원 생활

전화가 왔다. 부천에 있는 종합 병원에서 일하는 부장이라고 했다. 아버지에게 앰뷸런스를 보내주겠다고 제안했다. 거절했다. 위급 상황도 아닌데 비싼 앰뷸런스를 탈 필요는 없었다. 인터넷 지도로 검색하니 택시 타면 2만 원에 갈 수 있었다.

"그래도 저희가 앰뷸런스 무상으로 보내드리겠습니다."

공짜라고 하니까 타고 가기로 했다. 어쩌면 앰뷸런스가 주는 위압감 때문에라도 아버지가 다른 병원에 가는 문제를 좀더 쉽게 수긍할 수 있을지도 몰랐다.

앰뷸런스는 예정보다 2시간이 늦었다. 아버지와 나는 병원 로비에서 시간을 때웠다. 폭발하기 직전이었다. 카운터에서 나를 살피던 직원이 작은 목소리로 부장에게 전화를 걸었다. 언제 오느냐고, 지금 엄청 화나 있다고, 다 들렸지만 못 들은 척했다. 나는 아버지 몊

살을 잡아끌던 첫 모습과 앰뷸런스를 기다리며 화를 내는 마지막 모습으로 기억될 사람이었다. 다시는 이곳에 오고 싶지 않았다.

앰뷸런스를 타고 병원에 도착했다. 구조대원이 다짜고짜 8만 원을 달라며 영수증을 내밀었다. 나는 공짜로 태워준다 알고 왔다고 대꾸했다. 내 나이 또래쯤 되는 구조요원 두 명이 나를 노려봤다. 마치 '또 진상 만났네' 하는 표정이었다. 곧바로 병원 원무과에 올라가 부장을 찾았다. 부장이라는 직책은 없었다. 줄곧 연락 오던 번호로 전화를 해도 받지 않았다. 실랑이 끝에 8만 원을 대신 낸 원무과 직원은 내일 대금을 청구하겠다고 말했다. 아무리 몇 시간 전 통화한 내용을 말해도 청구한다는 말만 반복했다. 부장은 없다, 앰뷸런스를 탔으니 돈을 내야 한다, 여기는 병원이니 조용히 하라. 마치 도덕 교육이라도 하듯이 굴었다. 아버지는 그 사이에 멀뚱멀뚱 서 있다가, 담배를 태우고 왔다가, 화장실을 오갔다. 어디로 사라졌나 싶으면 곧 내 뒤에 붙어 있었다.

몇 번 고성이 오간 뒤 내가 줄곧 통화한 사람은 홍보 담당자라는 사실을 알았다. 홍보 담당자는 병원에 온 뒤 연락이 닿지 않았다. 그게 끝이었다. 딱 병원에 오기 직전까지 연락이 닿는 브로커였다. 요양 병원을 전전하는 사람들을 이곳으로 끌어모으는 사람이었다. 다들 병원 붙박이가 돼 오래오래 현금 인출기로 작동할 환자였다. 미디어는 그런 사람들에게 '요양 난민'이라는 이름을 붙였다. 얼마 지나지 않아 506호 아저씨들도 하나둘 이 병원으로 옮겨왔다.

아버지는 아저씨들을 만나자 반갑게 인사를 나눴다. 마치 오랜만에 본 친구들 같았다. 수완 좋은 브로커 덕에 아버지가 웃었다.

큰 건물의 2층과 5층, 6층을 입원실로 민들고 얇디얇은 가벽을 세워 병실을 나눴다. 한 층마다 예닐곱 명씩 입원한 병실이 8개 있었고, 간호사는 주간 2명과 야간 1명이 배치됐다. 전기 콘센트가 제대로 작동하지 않고 바퀴벌레가 기어다녔다. 아버지는 밤마다 원하지 않는 수면제를 처방받았다. 곳곳에 불편한 점이 눈에 띄었고, 밥은 형편없었고, 약 처방에서 부정이 보였다. 쉽게 말을 꺼내지 못했다. 아버지를 받아주는 병원이 없었다. 첫날 앰뷸런스를 두고 벌인 설전을 떠올리면, 말해도 듣지 않으리라는 생각에 답답함만 밀려왔다.

"아야, 짐 다 쌌으니까 얼른 와라. 집으로 가자."

한 번도 먼저 전화를 걸지 않던 아버지가 나한테 전화해서 말했다. 쫓기는 목소리였다. 무슨 환각이 또 시작된 걸까. 빨리 오라고 보채는 아버지를 뒤로하고, 병원에 전화를 걸었다.

"술 드셨어요. 병원 규정상 바로 강제 퇴원입니다."

다시 아버지에게 전화를 걸어 사정을 물었다. 몇 시간 전, 506호 출신인 한 아저씨가 또 다른 요양 병원으로 갔다. 언제 또 무엇이 돼 다시 만날지 모르는 인연을 술로 끝맺기로 한 모양이었다. 그 아저씨는 거나하게 술에 취해서 다른 병원으로 갔고, 아버지는 병실로 들어왔다. 딱 봐도 비틀비틀했겠다. 간호사하고 한바탕했을 테고,

퇴거 명령이 떨어졌겠다. 아버지는 정말 쫓기고 있었다.

아버지를 데려가라는 전화가 계속 왔다. 지금 당장 나오면 아버지도 나도 생활을 할 수 없었다. 지난번 입원한 알코올 병원에 다시 연락해볼까. 이것저것 검색하고 있는데 병원에서 전화를 또 걸어왔다. 사람 속 타들어가는 줄도 모르고 퇴거 명령만 한다는 생각에 확욕이나 할까 하고 받았는데, 이번만 선처하겠다는 말이 들려왔다.

그날 뒤 아버지는 다시는 술을 마시지 않았다. 어쩌면 다시 만나고 헤어지는 인연이 없었을지 모른다. 그 난리통이 자극이라도 된 듯 아버지는 착실하게 병원 생활을 했다. 나를 만나면 병실 사람들을 흉봤다. 질질 흘리고 다닌다고, 화장실 들어가면 나오지 않는다고, 새벽에 소리를 지른다고. 그런 모습들이 아버지에게 각인돼서 '나는 저러지 말아야지' 하는 마음을 불러일으키는 듯했다. 그런 마음 때문에 더 착실하게 생활했는지도 모른다.

무엇보다 병실 청소를 곧잘 했다. 같은 병실을 쓰는 가벼운 치매 환자들이 믹스커피를 마시다가 바닥에 뿌리거나 과자를 먹다 말고 던져버리면 아버지가 닦거나 치운다고 했다.

"아니, 내가 이 아저씨 때문에 몸이 편하고 마음도 편해요. 아버지가 자기 병실은 꼼꼼하게 청소를 해주셔."

병원에서 청소를 하는 사람은 50대 재중 동포 여성이었다. 그 많은 병실을 자기 혼자 청소하는데 덕분에 덜 힘들다며 아버지를 칭찬했다. 아버지는 조금씩 움직이면 자기도 즐겁다며 웃었다. 덩달아 나도 기분이 좋아졌다. 아버지 관물함에는 휴지와 물티슈가 많았는데, 다 그 청소 노동자가 건넨 보답이었다.

근처에 버려진 화분을 주워 병원 뒤편 화단에 식물을 기르고, 다른 환자들하고 드라마나 스포츠 중계를 보면서 웃음꽃을 피웠다. 아버지는 소일거리와 웃음거리를 찾아 지루한 병원 생활을 보냈다. 그런 순간들을 마주할 때면 아버지가 다시 병원 밖에서 잘 살아갈 수 있겠다는 희망을 본다.

그러다가 치매 증상을 목격하면 병원 밖이 두려워졌다. 한번은 젓갈을 먹고 싶다고 해서 함께 마트를 갔다. 계산하고 몇 초 뒤 아버지는 자기 손에 든 젓갈의 출처를 잊었다.

"기현아 이게 뭐냐. 왜 여기 있어?"

"왜 여기 있지? 있는 김에 먹을래요? 아버지 좋아하는 거잖아."

"나야 좋지. 갈치속젓, 이거 참 맛있는 거여."

이제 아버지가 기억을 떠올리지 못하는 바로 그 지점에서 같이 뛰노는 방법으로 소통했다. 구태여 젓갈이 왜 손에 들려 있는지 원인과 결과를 설명할 필요가 없었다. 아버지의 감흥을 끌어올리는 일이 중요했다. 아버지가 기분이 좋아지면 그런 아버지를 보면서 나도 기분이 좋아졌지만, 병원 밖 생활을 실현하는 시간은 조금 뒤로 미뤄야 했다.

아버지는 병원에 있을 때도 발에 화상을 입었다. 언제 다친지도 모르고 또 양말을 신었다. 내가 뒤늦게 발견하고 나서야 치료할 수 있었다. 180개짜리 믹스커피를 사주면 사나흘 안에 사라졌다. 누가 훔쳐가는지 어디에 버리는지도 모르지만, 먹어보지도 못한 채 없어진다고 했다. 사라지면 사라진 대로 어떻게 또 커피를 얻어 입가심을 하기는 했다. 믹스커피를 잃어버리면 못 먹게 되는 병원 밖보다 잃어버려도 얻어먹을 수 있는 병원이 더 좋아 보이기도 했다.

병원에 입원한 지 1년이 지나자 의료 급여가 초과됐다. 연장 신청서를 받으려고 의사를 찾았다. 의사가 신청서를 써주지 않으면 병원비는 곧바로 불어나게 된다. 의사를 어떻게 대면해야 할지 고민했다. 신청서를 툭 내미는 대신, 불쌍한 척하면서 써주기를 바라는 대신 진정으로 '나'이면서 '보호자'로서 할 수 있는 말을 하고 싶었다.

"아버지가 병원에 갇혀 있으면서 아주 건강해졌어요. 우울증도 없어지고, 몸도 예전보다 활발하게 쓰고요. 담배 피우러 나갈 때 환자들끼리, 병실 사람들끼리 별일도 아닌데 서로 웃고 떠들더라고요. 그런데 밖에 나가면 아버지가 저렇게 생활을 할 수가 없어요. 집 안에서 혼자 텔레비전 보는 일 빼고는 할 게 없어요. 계속 화상을 입고, 곧바로 그 일을 잊는 게 문제예요. 아버지 같은 사람을 치매 난민이니 요양 난민이니 하는 말로 부르는 걸 모르지 않아요. 그렇지만 아버지가 진짜 홀로 남겨진 사람이 되지 않기를 바라요. 그러려면 제가 자리를 잡아야 해요. 시간이 필요하고요. 여기가 아무리 밖보다 낫다고들 해도, 아버지가 이 병원에서 죽을 때까지 있기를 바라지 않아요."

의사는 건투를 빈다고 말했다. 진난서에는 '정체불명 치매'에 더불어 '상시적인 화상 위험'이 추가됐다. 진단서와 신청서를 주민센터에 내고 나니 의료 급여 이용 일수가 3개월 연장됐다. 3개월씩 몇번을 더 연장해야 할까.

아버지가 병원 밖에서 잘 지낼 수 있는 조건을 상상했다. 건강보험공단에서 한다는 커뮤니티 케어를 내심 기대했다. 아버지가 사는 동네에 가까운 의료 시설과 방문 간호사, 요양보호사를 지속적으로 만날 수 있다면 분명 좋을 듯하다. 그렇지만 정말 커뮤니티 케어 사업이 생기면 '커뮤니티'가 형성될까? 병원 안에서 지낼 때처럼 착실하게 청소하고 빈 땅을 가꾸면서 웃고 떠들며 지낼 수 있을까? 아버지가 지금 느끼는 감흥을 병원 밖에서 잃지 않을 수 있을까? 죽지 못해서 살고 있다는 아버지에게 나는 물었다. 살지 못해 죽는 삶을 살아가려면 어떻게 해야 하냐고. 아버지가 말했다.

"움직거리고, 사람들 만나고, 혈액 순환 잘되게 술도 한잔하고, 배부르게 고기 먹고, 일하면서 살고 싶지."

4

주변에 도움을 요청하겠다는 생각을 텄다

꿈 4

병원에서 아빠를 내쫓았다
다른 병원에서 받아줄까 집에서 지낼 수는 없는데
일은 많은데 아빠가 갑자기 나와서 괴로워졌다
길거리에 나앉은 아빠가 사람들에게 해코지를 당하지는 않을까
불안하고 초조한데
아빠에게 다다르는 대중교통은 느려 터졌다
크고 큰 짐을 등에 짊어진 느낌이다

눈을 떴다
아침 잠결에 이제는 적극적으로 주변에 도움을 요청하겠다는 생각을 텄다
다시는 그 꿈을 꾸지 않았다.

#19. 나는 효자가 아니라 시민이다

나는 왜 아버지를 돌보고 있을까?

2011년, 부모와 자식에서 아픈 사람과 돌보는 사람으로 아버지를 다시 만났다. 잠깐 지나가는 만남인 줄 알았는데, 8년이 흘렀다. 처음에는 내가 아버지 곁에 있는 1촌 직계 가족이니까 떠안았다. 1인분일 때 모르던 낯설기만 한 일들이 내 삶에 밀려들었다. 1인분만 맡고 있는 친구들하고 다른 세계에 사는 듯해 고립감이 깊어졌다.

나를 다르게 보는 주변의 시선이나 말 한마디가 의식되면 아버지가 어서 죽어서 이 삶을 훌훌 털고 싶다는 생각이 들었다. 마음속에서는 온갖 일들이 벌어져도 이내 다시 아버지한테 벌어지는 일들을 처리해야 했고, 무엇보다 돈을 벌어야 했다. 그러면서도 2인분에서 다시 1인분으로 돌아가는 순간이 올까 두려웠다. 어느새 누군가를 책임진다는 자아가 커져버렸다.

도시가스 검침을 받았다. 집을 둘러보던 검침원이 물었다.

"원래 계시던 할아버지는 어디 가셨어요?"

할아버지가 아니라 아버지이고, 병원에 입원 중이라고 대답했다. 검침원이 숫자를 입력하던 손을 멈추더니 목을 앞으로 쭉 뺐다.

"무슨 병이라도?"

"그냥 화상이에요. 약간 치매 초기라."

"지금 할아버지가 아니라면 연세가?"

"이제 쉰일곱……."

"아니 어쩌다 벌써?"

대답이 끝나기도 전에 질문이 밀고 들어왔다. 가족들은 어디 있느냐, 아버지의 과거는 어땠느냐, 당신은 지금 뭘 하느냐. 의도를 알 수 없는 질문이 계속되더니, 결국 종착지처럼 한 질문에 도착했다.

"가족 중에 예수 믿는 사람 없죠?"

검침원은 내가 시험에 빠졌다고 했다. 지금 예수님을 믿지 않으면 큰 불행이 온다고, 더 큰 고난이 기다린다고. 저주처럼 전도를 했다. 지나친 사명감으로 나를 들들 볶더니 확실한 답을 얻으려는 듯 예수님 믿을 생각이냐고 되물었다.

"우리 집에서 어서 나가세요."

이 집에 들어오는 순간 맡게 되는 가난의 냄새, 오래되고 낡은 가구, 벽지, 문틀 같은 요소들이 사명감을 높여주나 싶었다. 집을 나가면서 검침원은 재빠르게 가방에서 팸플릿 하나를 꺼내 던졌다.

"언제든 도울 수 있으니 연락 주세요!"

난데없이 얻어맞은 기분이었다. 팸플릿은 소년 소녀 가장이 무능한 부모를 원망하고 세상을 증오하다가 예수를 만나 구원받았다는, 꼭 나를 염두에 둔 듯한 내용이 채워져 있었다. 찢어버렸다. 사람들은 꼭 이랬다. 아버지하고 함께한 시간을 부정하려는 시도는 세상이 다 권유하지만, 긍정하려는 노력은 아무도 도와주지 않는다.

어쩌다 내 상황을 직접 듣거나 우연히 알게 된 사람들은 대부분 심드렁하게 쳐다봤다. 더군다나 내 나이 또래에게 질병이나 죽음은 너무 먼 이야기였다. 세상은 질병이나 죽음의 근처에서 벌어지는 일들에 관심을 두지 않았다.

"효자 났네, 효자 났어."

누군가는 나를 '효자'라고 불렀다. 부모 자식 사이에도 버리고 버려지는 요즘 같은 세상에 병든 부모를 챙기는 일만으로도 용하다는 칭찬이었다. 그럴 때면 나는 '효자'가 아니라고 항변하고 싶었다.

"병원 앞에서 안 가겠다고 떼쓰면 멱살 잡고 끌고 갔어요."

"새벽마다 주절거리는 아버지를 잠재우려고 장롱 문을 발로 꽝꽝 찼어요."

그렇다고 나는 '불효자'라고, '효자'가 되기에는 아직 멀었다고 말하려는 생각은 아니었다. 효자라는 말 앞에 서면 아버지를 돌보는 내게 '왜'라는 질문을 던지는 일이 무용해졌다. 부모 돌봄은 가족이라는 울타리 안에서 당연한 일이었고, 그런 의무를 이행하지 않는 사람들이 문제일 뿐이었다. 그렇다고 나를 가족이라는 울타리에 꽁꽁 싸매는 사람들을 원망할 수 없었다. 그저 병든 아버지하고 함께하는 나 같은 사람을 부를 수 있는 말이 딱히 없으니까, 가장 '적당'하고 '적절'하다고 여겨지는 단어를 쓸 뿐이었다.

"으이구, 밥이라도 많이 먹어."

밥은 먹고 다니냐는 연민과 동정도 많이 겪는 반응이었다. 졸지에 비 맞고 있는 안쓰러운 강아지가 된 기분이었다. 힘들어도 스스로 버텨냈다는 어떤 자긍심이 있었는데, 그런 마음이 짓밟혔다. 연민과 동정은 그동안 혼자 고민하고 행동한 내 삶의 가치를 깎아내렸다. 효자라는 말이나 연민과 동정은 차라리 무관심만 못했다. 한번은 거기에 반박한답시고 이렇게 말해봤다.

"아버지랑 함께하지 않았다면, 저는 지금처럼 생각하고 행동하는 사람이 되지 못했을 거예요. 아버지랑 함께하면서 겪은 사건들 때문에 사회과학 책을 피부로 읽을 수 있었고, 아버지에 관한 고민이 철학을 공부하면서 철학자들하고 맞닿은 계기였다고 생각해요."

그런 말을 들은 누군가는 더 측은한 눈으로 나를 바라봤다. 그렇게 안간힘을 쓰면서 합리화할 필요는 없다고 나를 다독였다. 그러니까 나는 불행한 사람이었고, 무능한 부모를 원망해야 마땅했으며, 이 세상을 향한 증오로 가득해야 했다. 그런 내가 사람들이 허락한 내 모습이었다.

허락된 틀을 벗어나서 나를 설명하는 일에 적극적이지도 못했다. 돌봄에 관해 말하려면 돌봄에 더 많은 시간과 노동, 마음을 투여해야 자격이 될 듯한 압박을 느낀 때문이었다. 〈세상에 이런 일이〉 같은 텔레비전 프로그램에서 부모나 배우자를 간병하는 중장년층을 보다가 '나는 아무것도 아니구나' 하고 탄식했다. 돌봄이라는 책무를 강제로 떠안고 늙고 병든 시부모를 수발하는 며느리에 견주면 내가 돌봄에 관해 말을 꺼내는 일은 한낱 투정일 뿐이었다.

영화에서 부모 병원비를 마련하려고 동분서주하는 청년이 등장하면 눈과 귀가 쏠렸지만, 부모를 간병하는 청년이 하는 행동은 안온한 타인의 삶을 부러워하거나, 급하게 돈을 모으느라 술집에 나가거나, 장기 밀매단에 걸려 장기만 적출되거나 하는 정도였다. 영화 속에서 돌봄은 누군가를 돌보는 삶이 무슨 의미인지 생각할 겨를도 없이 주인공의 지독한 불행을 드러내는 요소로 쓰인 뒤 버려졌다. 내 안에 일어난 혼란을 나누고 상의할 사람도, 내가 어디쯤 서 있는지 가늠할 발판도 없었다. 나보다 더 힘든 사례를 돌아보면서 비교하고 검열하기 바빴다.

때때로, 자주, '나는 왜 아버지를 돌보고 있을까?'라는 질문이 수면 위로 떠올랐다. 명확한 답을 내놓지는 못했다. 더 명확하게 답하려 질문을 물고 늘어지다가 지쳐 다시 일상으로 돌아갔다. 이대로 안 된다는 마음, 반복되는 질문 앞에서 좀더 명확해져야 했다. '나'를 명확히 정의하고 싶어서 '간병'이라는 열쇠말로 책을 골랐다.

가장 먼저 읽은 책은 《나 홀로 부모를 떠안다》였다. 결혼하지 않은 자녀가 늙은 부모를 간병해야 할 때 벌어지는 상황을 다룬 르포르타주다. 혼자 부모를 돌보는 이들은 어떤 소통도 없이 고립됐다. '무인도에 있는 듯한' 느낌과 걱정, 불안, 초조가 늘 따라다니는 삶이었다. '모든 결단을 혼자 내려야 한다'는 압박 때문에 혼란스러워했다. 혼자 전권을 부여받은 보호자가 느끼는 압박이 거울처럼 나를 비췄다. 처음 아빠가 쓰러진 때 이것저것 의사가 하는 설명을 듣고 결정을 내리던 순간들이 떠올랐다. 그때는 아버지가 결정할 일을 잠깐 위임받은 뿐이라고 생각했는데, 그 뒤부터 쭉 아버지에 관련된 모든 결단을 내가 내리게 됐다.

책 속 주인공들은 걱정, 불안, 초조 속에서도 보람을 느꼈다. 한 번 겪은 일을 노련하게 회고하는 모습도 보였다. 아픈 사람의 이상 행동을 해석하는 깊이도 남달랐다. 아픈 사람이 돌발 행동을 할 때 당황하기보다는 어떤 욕구가 있는지 파악하려는 성숙함이 눈에 띄었다. 돌봄 상황을 겪지 않으면 얻기 힘든 무엇이었다.

《아들이 부모를 간병한다는 것》도 읽었다. 사회심리학자가 쓴 책으로, 전통적으로 여성이 도맡던 간병을 하는 남성이 늘면서 달라지는 관계를 분석했다. 특히 '간병하는 아들'을 둘러싼 심리와 시선, 관계에 집중했는데, 아내나 형제를 상대로 부모 간병을 분업하는 문제를 두고 신경전을 벌이는 대목이 인상 깊었다. 자기를 대신해서 간병을 하지 않는 아내나 다른 형제 때문에 서운해하고, 급기야 싸움이 벌어지기도 했다. '나 대신 부모를 돌봐줄지 모르는 사람'이 있는 현실은 혼자 고립되는 문제하고는 또 다른 갈등 영역이었다.

어린 시절 부모가 이혼하면서 따로 살게 된 여동생이 떠올랐다. 내가 20살일 때 19살인 여동생이 함께 아버지 옆에 있었다면 과연 누가 어떻게 책임졌을까. 생각지도 못한 갈등의 영역을 인식하고 나니 동생을 염두에 두고 내 과거를 재구성하게 됐다. 오고가는 사람들이 '저래서 딸을 낳아야 된다'는 둥 헛소리를 지껄이면 그 말에 기대어서 은근슬쩍 회피하지는 않았을까. 어쩌면 세상은 부모를 돌보는 아들에게 해줄 말이 별로 없어도 부모를 돌보는 딸에게는 할 말이 많을 듯했다. 내가 조금만 상황이 달랐으면 아버지를 돌보지 않았을 수도 있다는 생각이, 모든 일을 다 책임졌다는 자부심 같은 무엇을 누그러지게 했다. 나는 피할 수 있으면 피했을지 모른다. 돌봄 분업을 둘러싼 가족 갈등을 겪었을지 모른다.

'간병할 자유'라는 말을 여러 번 곱씹게 됐다. 간병은 할지 말지를 선택할 수 있어야 한다. 간병을 하려고 할 때 간병하는 사람에게 지원이 필요하지만, 반대로 간병보다는 자기 일에 집중하고 싶을 때도 그렇게 할 수 있는 시스템이 필요하다. 강제로 떠맡은 간병에 경제적 보상을 안겨준다면 '어쩔 수 없는 선택을 합리화'하는 일이나 다름없다. 그러므로 자유는 간병이나 돌봄을 둘러싸고 다시 형성돼야 한다. 그럴 때 혼자 고립되는 간병이나 가족 돌봄 분업을 두고 벌이는 다툼을 줄일 수 있다.

《간병 살인》은 제목처럼 간병 스트레스를 못 이겨 벌이지는 살인 사건을 다뤘다. 앞서 두 책에서도 자주 나온 간병 살인이나 간병 폭력을 가해자 시각에서 추적했다. 가해자에서 시작한 인터뷰는 간병 스트레스에 시달리고 있는 당사자들에게 뻗어갔다.

중반쯤에 접어들어서야 아픈 가족을 돌보는 20대를 만날 수 있었다. 겐타라는 이 남성 청년은 물었다.

"젊은 사람이 간병을 하느라 치른 희생은 자기 책임일까요?"

대학에서 연 간병 심포지엄에 강사로 초청받으며 학업과 일, 간병을 양립하는 문제에 관한 고민을 나누기도 했다. 겐타는 간병 때문에 대학원을 그만두지만, 간병을 경험한 덕에 삶을 진지하게 마주보고 하루하루를 열심히 살아가게 됐다. 이제는 간병 경험을 살려 사회복지사가 되려고 한다.

겐타를 만나서 무척 기뻤지만, 누군가를 돌보는 경험을 사회적으로 승화하려면 사회복지사가 최선인가 싶은 의문이 들었다. 나도 그 길을 가야 하는 걸까 하는 생각에 답답할 뿐이었다.

"이들은 간병에 지쳐서 공부가 손에 잡히지 않아 성적이 떨어지고, 어울려 지내기 힘들어 친구들이 떨어져 나가며, 같은 세대의 싸늘한 시선에 마음의 상처를 입고 외로운 처지로 내몰리며 장래의 꿈이나 목표까지 잃어버리기도 한다고 알려져 있다."

청년 간병인에 관한 묘사는 어떤 긍지를 불러일으켰다. 가족이니까 감수해야 한다는 압력도, 구원이나 은총 같은 감정도 아니었다. 어떤 구체적인 실천을 할 수 있을까, 공감을 얻고 긍정하게 됐다. '겐타'라는 모델을 만나고 '간병할 자유'라는 방향이 생겼다.

《간병 살인》에서 청년 간병인을 묘사하는 구절이 '알려져 있다'고 끝을 맺듯이 청년 간병의 실태는 잘 확인되지 않는다. 어쩌면, 그래서, 더, 나는 말하기를 시작해야 했다. 내가 도덕적이었는지, '열심히' '잘' 했는지에는 무관하게 일단 해보자는 마음이었다. 그러려면 나는 다시 물어야 한다. 나는 왜 아버지를 돌보고 있을까?

8년 전 아버지와 나는 '다시' 만났다. 아주 잠깐 지나가는 위임인 줄 알고 떠맡은 일이 전권이 돼버렸다. 각자의 삶을 살아가던 부모와 자식에서 환자와 보호자가 됐다. 내가 병역과 돌봄이라는 구속에 옴짝달싹 못할 때 아버지는 망망대해를 함께 떠도는 호랑이가 되기도 했다. 그때는 내가 아버지를 돌봐서 다행이라는 생각마저 들었다. 아버지는 자주 짐이 됐지만, 나한테 새로운 생각들도 불어넣었다. 아버지의 과거와 내 현재가 연결되고, 사람 대 사람으로 마주할 수 있었다. 그렇게 유동적이고 다양한 관계로 만나고 헤어지는 과정이 8년이나 걸렸다.

아버지와 나는 부모와 자식이 아니라 시민과 시민으로 관계 맺으려 한다. 내가 아버지를 돌보는 가장 큰 이유는 아버지가 사회적이고 신체적인 약자이기 때문이다. 아버지와 내가 가족이라는 사실을 증명하는 '가족 관계 증명서'가 있듯이, 아버지와 나의 돌봄 기간을 증명하는 '시민 관계 증명서'가 있어도 좋겠다는 생각이 들었다.

'시민 관계 증명서'는 아버지가 알코올 의존증과 인지 장애증 환자이기 이전에 한 사회의 성원이라는 점을 알려주고, 내 돌봄이 비가시적인 소모가 아니라 사회적 의미를 갖는 행위라고 인정한다. 아버지와 내 관계가 부모와 자식일 뿐 아니라 유동적이고 다양하게 연결되는 사회적 관계라는 사실을 증명한다. 가족이라고 말해지기 전에 우리는 하나의 '사회'라고 선언한다.

나는 효자가 아니라 시민이다.

아버지와 강아지는 서로 많이 의지했다. 아버지는 누구보다도 강아지를 아끼고 보호했다. 아버지는 강아지 덕에 자기가 한 생명을 돕고 보호하는 존재라는 착한 가부장의 정신을 부여잡을 수 있었다. 강아지는 아버지의 정서 깊숙이 들어가 있었다. 치매가 온 때는 안내견 구실을 톡톡히 했다. 아버지 때문에 온갖 모진 풍파를 다 겪었지만, 다시 아버지를 만나면 세상을 다 얻은 양 꼬리를 흔들었다.

지금 와서 생각하면 나는 아버지와 강아지가 서로 의지하는 현실에 의지했다. 내가 이 가정에서 유일하게 안정감을 느낀 요소가 그 둘의 관계이지 싶었다. 고맙다. 우리 강아지는 정말 할 만큼 했다. 이제 행복만 느끼게 하고 싶다.

#20. 일과 삶과 돌봄

청년이고, 가난하고, 가족을 돌보는 사람이 나뿐일까? 한동안 가족 돌봄을 하고 있거나 과거에 돌봄을 한 청년들을 만나보려 했다. 청년이라는 진로 이행 시기에 시간과 자원이 절대적으로 필요한 돌봄을 하는 사람들이 궁금했다. 진로와 돌봄, 거기에 생계까지 책임져야 하는 겹겹의 과제를 어떻게 해내는지, 어떤 고민을 하는지 만나서 들어보고 싶었다. 내 경험과 그 사람들의 경험은 서로 거울처럼 대면할까? 아니면 전혀 다른 세계가 펼쳐질까? 그렇게 한 명 한 명 모여서 얘기하다 보면 일과 학업, 돌봄과 일상이 충돌하는 문제를 풀 대안을 마련할 수 있지 않을까?

'청년 케어러carer.'

돌봄 경험을 나눌 청년 모임의 이름을 지었다. '간병'이나 '돌봄'이라는 단어가 자칫 무겁게 느껴질 수 있었다. '내가 하는 건 간병이

나 돌봄은 아니겠지' 하고 넘기지 않게 가벼운 느낌을 주려고 영어 단어 '케어^{care}'를 고집했다. 자기말고도 누군가 한 사람을 더 책임지고 있다면 그것으로 충분했다. 사람들을 만나면 '청년 케어러' 모임을 만든다는 소문을 냈다. 모임이 어느 정도 정착되면 구체적으로 실행할 프로젝트 두 개를 먼저 기획했다.

하나는 〈90년대생 보호자들〉이라는 연재 인터뷰였다. 어느 날 병원 원무과 과장이 90년대생 보호자들을 만나면 보기만 해도 짠하다고 말한 데서 제목을 가져왔다. 다른 하나는 일과 일상과 돌봄 사이의 균형을 찾는 계획을 세워보는 '워크-라이프-케어 밸런스' 워크숍 개발이었다. 돌봄이나 간병이 주는 무게를 벗어나 좀더 친근하게, 한번 해보고 싶은 인상을 주고 싶어서 '워라밸'이라는 말을 이름에 넣었다. 두 프로젝트를 진행할 계획을 세워 서울시 무중력지대에서 소모임 지원도 받았다.

처음부터 공개된 행사를 하고 싶지는 않았다. 아무리 명랑한 척한들 명랑하기만 해서 되는 문제가 아니라고 생각했다. 나는 내가 경험한 일들과 책에서 읽은 사례말고는 잘 알지 못했다. 몇 명이라도 돌봄 경험을 가진 청년들을 만나서 어떤 욕구가 있는지 파악해야만 시야도 넓어지고 행사의 내용도 채울 수 있을 듯했다.

먼저 주민센터와 치매안심센터에 갔다. 아픈 가족을 돌보는 청년들의 자조 모임을 만들려 한다고 소개했다. 주민센터 공무원은 당신말고는 그런 사람이 없다고 대답했고, 치매안심센터 직원은 이해가 잘 안 되지만 일단 알겠다면서 찜찜한 표정을 지었다. 내 전화번호와 이름을 적은 메모를 남기고, 혹시 그런 청년이 나타나면 연락을 달라고 부탁했다. 별 수확 없이 또 어디를 가야 할까 고민하다가 방문 간호사를 떠올렸다. 아버지가 수급자가 된 뒤 서너 번 우리 집에 찾아온 방문 간호사를 만나고 싶었다. 무엇보다 나와 아버지를 봤으니까 내 뜻도 잘 전달될 듯했고, 그동안 돌아다니면서 아픈 가족을 돌보는 청년을 만난 적이 있는지 물어보고 싶었다. 무작정 건강관리과에 찾아갔다.

"이 주소지를 담당하는 방문 간호사를 만나고 싶은데요."

안내원은 3층에 올라가라고 했다. 3층 복도에 멀뚱히 서 있는데 낯선 사람이 다가왔다. 자기가 방문 간호사들을 총괄한다고 했다. 건강관리과 과장이었다. 난데없는 만남이었지만 오히려 잘됐다고 생각했다. 업무를 총괄한다면 더 많은 사례를 알 수도 있었다. 방문 간호사 신청을 하려고 온 사람이 아니라 자조 모임을 소개하려 한다고 알렸다. 무중력지대에서 발표한 프로젝트 자료를 꺼냈다.

"청년들이 직업 훈련을 하거나 취업을 준비해야 하는데, 가족이 아파서 돌보다 보면 시간이 많이 없을 거 같아요. 그래서 자기 미래를 계획할 여력도 없이 무기력하게 시간을 흘려보내는 경우가 있을 것 같습니다. 저도 아버지를 돌보는 비슷한 경우여서 함께 대화를 나누는 자조 모임을 만들려고 합니다. 돌봄을 하면서 받는 스트레스나 보람을 인터뷰하고, 돌봄과 일상의 균형을 잡을 수 있는 고민을 함께 나누고 싶어서 이런 모임을 준비하고 있습니다."

눈을 맞춘 과장은 이야기를 듣는 내내 아리송한 표정을 지었다. 몇 초 동안 말이 없던 과장은 게슴츠레한 눈빛으로 나를 바라봤다.

"어디 협회에서 나오셨는데요? 선생님은 한 명당 얼마를 받아 가는 건가요?"

당황한 나는 무슨 말부터 다시 해야 할지 갈피를 잡지 못했다. 나를 브로커로 생각한 듯했다. 먼저 영리 목적이 일절 없다는 점을 강조했다. 과장은 그러면 왜 이런 일을 하느냐고 되물었다. 이야기는 원점으로 돌아갔다. 처음하고 똑같은 설명을 다시 하니 이제야 이해된다는 듯한 표정을 지었다.

"민간 봉사 단체군요. 정말 좋네요. 돌봄에 관련된 공감대가 있는 청년들이 모여서 우리 지역에 사는 독거노인들까지 돌보면 좋겠어요. 우리도 자원이 없었는데, 그렇게 함께할 수 있겠네요."

느닷없이 문제를 하나 더 짊어졌다. 과장은 아주 훌륭하다는 말을 연발했다. 자조 모임이라는 말에 매우 만족하면서 나를 환대했다. 명함을 건네더니 나중에 더 진척되면 연락을 달라고 했다. 과장은 방문 간호사와 청년의 만남을 주선하겠다며 자리를 떴다.

빈 회의실을 빠져나오며 생각했다. '그래, 독거노인들하고 함께하는 문제는 한 번쯤 고민할 만하지.' 이렇게 상황을 받아들이려다가 한편으로는 분하기도 했다. '내가 하려는 모임이 공짜 자원으로 보일 뿐이구나.' 몇 번을 강조한, 아픈 가족을 돌보는 청년들의 부족한 '시간'이 그렇게도 풋내가 풍겼나. 아픈 가족을 돌보는 청년들이 졸지에 한 명당 얼마짜리 상품이 됐다가 민간이 알아서 만들어 주는 공짜가 되기도 했다. 과장이 보인 반응은 마치 공공보다 시장에 더 많이 맡겨지는 돌봄 복지의 한 단면처럼 보였다. 나를 설명하는 지표는 경제적인 언어밖에 없는 걸까.

애초에 내 어리석음을 탓해야 했다. 행정을 맡은 사람들에게 나는 얼마나 비가시적인 존재이던가. 취업난 속에서 '청년'도 이제 막보이기 시작했고, 고령화 사회에 들어서면서 노인 '돌봄'도 이제 막드러나기 시작한 마당에, 무슨 '아픈 가족을 돌보는 청년'이라는 말인가. 주민센터에서 바락바락 작두 타던 시절을 그새 잊고 있었다. 그래야만 행정의 눈에 내가 있다는 사실이 확인된다. 그렇게 하지 않으면 투명 인간으로 살아갈 수밖에 없었다.

머릿속에 아픈 가족을 돌보는 청년들을 불러냈다. 행정에 지원을 해달라고 요구하다가 탈락해 집으로 되돌아간 당신은 어디로 향할 건가요. 아니 행정에 요구조차 하지 못하고 가족 돌봄에 들이는 시간과 비용을 혼자 감당하고 있지 않나요. 가족 안에서 돌봄을 전담해 집에서 꼼짝도 하지 못하고 있지 않나요. 여러 가정을 해보다가 가장 확실한 장소를 잡았다. 병원. 아무리 바빠도, 정보가 없어도, 무기력해도, 모든 걸 포기하지 않는 한 최후까지 가게 되는 곳.

병원에 가기 전에 명함을 만들었다. 병원 로비에서 아픈 가족과 함께 있는 청년들을 만나면 속사포로 내 소개를 하기보다는 명함을 건네는 편이 낫다고 판단했다. 명함에 이름, 전화번호, 주소, 이메일을 넣고 모임의 의도를 크게 새겼다.

'아픈 가족을 돌보는 청년들이 만나다.'

거대한 대학 병원을 비집고 다녔다. 로비를 어슬렁거리고 진료 대기실을 서성였다. 아픈 사람을 부축하는 젊은 사람, 아픈 사람을 기다리게 하고 수납 창구에서 계산하는 젊은 사람, 아픈 사람을 대신해서 간호사의 설명을 듣는 젊은 사람이 심심치 않게 보였다. 쫓아가서 명함을 건넸다.

"야, 무시하고 빨리 와. 뭐하는 놈이야."

대놓고 곁눈질하면서 무시하고, 보호자보다 환자가 더 나서서 짜증을 내기도 했다. 세상이 이렇게 삭막하구나 싶을 정도로 수상하다는 의심을 많이 받았다. 해명할 시간도 주지 않고 사라졌다. 10명 정도가 그렇게 스쳐 지나가니 다시 시도할 용기가 나지 않았다.

너무 무모했을까? 좀 더 명확하고 신뢰할 만한 홈페이지를 제작하고 팸플릿도 만들자는 생각이 들었다. 한편으로 내가 정말 그 정도까지 해야 하나 싶은 마음이 생기기도 했다. 가벼운 대화라도 나누자는 요청을 '도를 아느냐'는 질문처럼 취급하니, 뭘 더 해야 하나 싶은 앙심까지 품으려 했다.

포기 아닌 포기를 하고 있는데 서울시 청년활동지원센터에 인연이 닿았다. 나는 청년활동지원센터에서 청년들하고 영화 만들기 소모임을 진행했고, 올해는 청년수당 참여자가 되기도 했다. 6개월 동안 50만 원씩 수당을 받는 덕에 여유가 좀 생겨서 공연 연출을 할 수 있었다. 센터에서 내 사례를 인터뷰하는 도중에 우연히 가족 돌봄에 관한 이야기도 오갔다. 수당 참여자 중에서도 가족 돌봄 때문에 학원을 못 다니거나 취업 계획을 미룬 사례가 있었다. 그 청년들을 만나고 싶다고 제안했다.

'청년기 가족 돌봄 경험 공유 모임.'

모임 개요를 작성하고 시간표를 짰다. 많이 오면 어떻게 할지 고민도 되고, 내 이야기를 어디서 어떻게 꺼내야 하는지 정리가 필요했다. 청년들을 만날 순간이 가까워지는 듯했다. 센터 담당자는 수당 참여자를 전수 조사하고 해당 청년들에게 직접 전화를 걸어 참여 의사를 확인했다. 그나마 한 명이 모임에 참여하겠다고 했는데, 다시 전화를 해 취소했다. 어떤 사람은 자기한테 연락해서 불쾌하다고 했고, 어떤 사람은 더는 돌봄을 하지 않는다며 거절했다.

종합 병원 원무과와 대학 병원 사회복지과에 명함을 돌리고 모임을 설명했지만 아무도 만날 수 없었다. 모임은 실패했다. 가장 큰 원인은 홍보 실패다. 우리가 만나지 못한 원인을 부적절한 홍보 방식이나 부족한 안내 탓으로 돌리기에는 뭔가 께름칙했다. 어째서 얼굴도 비추려 하지 않을까? 왜 전화 목소리도 들려주지 않을까? 자기가 한 경험을 보이지 않게 꽁꽁 감싸는 듯 느껴졌다. 분명히 학업과 일, 돌봄과 일상은 생각처럼 쉽게 균형 잡히지 않을 텐데 말이다.

"그래, 나도 하지 않았을 거야."

얼굴도 목소리도 없는 돌봄 청년늘을 마주하며 나는 생각했다. 누군가 아버지가 쓰러지고 얼마 안 돼 나한테 아픈 가족을 돌보는 청년들의 모임을 하자고 제안하면 어떨까. 내키지 않겠다. 지금도 돌봄 때문에 숨이 턱턱 막히는데, 그 숨막히는 경험을 한데 모으는 모임은 가고 싶지 않았다. 모임에 가서 하고 싶은 말도 없고, 듣고 싶은 말도 없었다.

어쩌면 그 청년들도 자기에게 벌어진 일에 이름을 붙이지 못하고 있지 않을까? 돌봄은 '선고'된 형벌처럼 다가와서 피할 수 없이 체험하게 된다. 선고되기 직전의 삶으로 돌아가기도 쉽지 않다. 눈앞에 벌어진 문제를 해결하려고 동분서주하는 와중에 자주 피로가 몰려들고, 무력해지며, 자존감이 바닥난다. 이 모든 일이 한순간에 벌어진다. 적응도 쉽지 않고, 더군다나 잘 정리되지 않는다.

밀려드는 삶의 과제를 수행하면서도 내 삶을 지배하는 뭔가를 '돌봄'이라고 이름 붙일 생각조차 하지 못했다. 그저 내 삶의 문제는 '돈이 없어서', '아빠가 말을 듣지 않아서', '내가 하고 싶은 걸 못해서'처럼 단편적으로 부유했다. 그러므로 내 삶의 문제는 '돈만 생기면', '아빠가 나아지면', '내가 하고 싶은 걸 하면' 풀린다고 생각했다.

각각의 문제는 각각의 문제로 따로 떨어져 나를 괴롭혔다. 어느 순간 그 문제들을 '돌봄'이라고 말할 수 있다는 가능성을 감지한 때도 망설였다. 그 말을 붙이는 순간, 2인분의 삶이 잠깐의 돌발 상황이 아니라 삶의 영원한 조건이 돼버릴 듯한 때문이었다. 다시 1인분으로 자유로워질 수 있다는 기대를 버려야 했다. 그 기대를 버린 뒤에도 내가 돌봄의 책임을 다했는지 검열하고, 때때로 아빠에게 한 나쁜 말과 행동을 떠올리며 죄책감에 시달렸다. 군소리 없이 돌봄을 '잘' 행하는 '효자'만이 돌봄에 관해 발언할 수 있는 줄 알았다. 내가 체험한 삶을 돌봄으로 해석하고 소화하는 시간이 필요했다. 그런 과정을 거치고 나서야 내가 이런 '경험'을 했지 하면서 조금은 구체적으로 생각하게 됐다.

얼굴도 보지 못하고, 목소리도 듣지 못한 그 돌봄 청년들도 갑작스레 체험한 일에 이름을 붙이고 있을지 모른다. 어느 순간 돌봄이라는 말이 붙으면, 그때는 '아픈 가족을 돌보는 청년들이 만나다'는 문구를 쓴 내 명함을 다시 꺼내 볼 수 있지 않을까. 오랜 시간 돌고 돌아서 내가 쓴 문구와 돌봄 청년들의 경험이 맞닿는 상상을 했다. 그때가 되면 하고 싶은 말과 듣고 싶은 말도 생길 듯했다.

1인분을 해내며 살아가기도 힘겹다. 돌봄까지 생각하는 삶은 힘겨움을 곱절로 만드는 일처럼 느껴진다. 돌봄을 '함께' 고민하면 힘겨움을 더 짊어지는 길이 아니라 덜어내는 길이 된다. 사람은 누구나 태어나고, 아프고, 죽기 때문이다. 건강은 영원하지 않으며, 돌보고 돌봄을 받는 사람의 위치는 언제든 바뀔 수 있다. 더 많은 사람이 돌봄에 관해 고민할수록 힘겨움은 더 많이 덜어지는 법이다. 결국 아픈 가족을 돌보는 청년들을 만나지 못했다. 그 대신 돌봄에 따른 희생과 돌봄을 위한 성찰이 세상에 더 많이 드러나야 하는 이유를 찾았다.

#21. 시멘트 1포, 모래 10킬로그램, 벽돌 100개의 삶

12월 중순을 지나고 있지만 그리 춥지 않았다. 작업실 건물 옥상에서 주변을 살피면 대부분 공사 중이다. 어떤 땅은 먼지와 소음을 막아주는 부직포로 사방이 둘러싸여 있고, 어떤 건물에는 분양을 알리는 현수막이 펄럭이고 있다.

이곳은 재개발 기대감 때문에 잠깐 시간이 멈춘 곳이었다. 재개발이 곧 된다고 건물주들이 기대한 시절에는 임대료가 잘 오르지 않았다. 15년 정도 끊어질 듯 이어지던 기대가 실현 불가능하다는 사실이 확실해지자 너도나도 재건축을 시작했다. 오늘도 주변 건물들이 부서지고 세워진다. 공사장 먼지가 바람에 흩날린다. 매캐한 돌가루 냄새가 뒤따랐다.

작업실이 부서지기 전에 뭔가를 하고 싶었다. 지금 서 있는 옥상에서 영화를 찍자고 생각했다. 내 눈앞에 펼쳐진 동시다발적 재건축

풍경을 미장센 삼아 프레임 안에 한 인물을 세우자. 그 영화를 찍으려면 날이 더 추워지기 전에 서둘러야 했다.

"아버지, 나랑 같이 영화 한 편 찍어요."

"염병!"

아버지가 가장 먼저 보인 반응이었다. 찬찬히 설명하면 알겠다고 하다가 곧 잊었다. 그럼 처음부터 다시 설명했다. 영화를 찍자고, 아버지 기술로 간단한 구조물을 만드는 영화를 찍어보고 싶다고 했다. 어떨 때는 좋다고 했다가, 어떨 때는 그게 어디에 쓰는 구조물이냐고 물었다가, 어떨 때는 돈 버는 일도 아닌데 싫다고 했다. 싫다고 하면 나는 아들한테 기술 가르쳐주는 건데 뭐가 싫으냐고 되물었다. 그럼 아버지는 마지못해 수긍했다.

"현장 가서 배우는 게 더 좋은데……."

그리고 또 잊었다. 아버지는 이제 곧 자기가 한평생 지녀온 기술을 잊을지도 모른다. 벽돌을 쌓아올리고 용도에 따라 알맞은 비율로 물과 시멘트와 모래를 섞어서 펴 바르는 기술에 관련된 기억이 얼마나 견고한지 나는 알 수 없었다. 조금 조급해졌다. 아버지와 내가 공사장과 분양 현수막 사이에서 아버지의 기술을 재연하는 과정이 영화의 주된 내용이었다. 퍼포먼스가 중심이 된 다큐멘터리라고 할 수 있다. 아버지의 신체가 좀더 건강할 때, 아버지가 구체적인 기술을 기억하고 있을 때, 날이 더 추워지기 전에, 작업실 건물이 무너지기 전에 해볼 수 있는 작업이었다.

아버지는 늘 일을 하고 싶어했다. 습관이기도 했지만, 스스로 만족스러운 보람을 추구하는 태도이기도 했다. 이제 더는 건설 현장에 나갈 수도 없고, 그렇다고 공공 근로를 받아주지도 않는 상황에서 영화 촬영이라는 이벤트가 어떤 구실을 할 수 있을까. 사회적 효용을 다했다고 여겨지는 치매 걸린 아버지가 여전히 뭔가 할 수 있다는 사실을 증명하면서 아버지 자신도 일하는 보람을 얻을 수 있는 영화가 되면 했다.

함께할 스태프들을 모았다. 현장을 원활하게 진행할 조연출이 필요했다. 아버지와 나를 광각 렌즈로 가깝게 찍을 촬영 1과 먼 곳에서 망원 렌즈로 찍을 촬영 2도 있어야 했다. 연출부, 녹음, 붐 오퍼레이터도 섭외했다.

촬영 전 전체 회의를 하는 날, 나는 아버지가 치매 초기라고 말하고 가벼운 증상들을 알려줬다. 영화의 구성과 기획 의도도 설명했다. 한 스태프가 물었다.

"그러니까 아버지를 위한 〈트루먼 쇼〉인 거죠?"

나는 아버지를 속이고 진행하는 방식은 아니라고 말했다. 오히려 고레에다 히로카즈의 〈원더풀 라이프〉처럼 촬영자와 출연자는 협력적 관계를 맺어야 했다. 〈원더풀 라이프〉는 사람이 죽고 나서 천국에 가기 전에 잠깐 머무는 중간 지대 이야기다. 그곳에서 죽은 사람들의 인생에 의미 있는 순간을 상담해주고 그 순간을 한 편의 단편 영화로 만든다. 사람들은 저승에서 그 영화를 보면서 그 순간만을 기억한 채 지내게 된다.

미셸 공드리의 가족 다큐멘터리 〈마음의 가시〉도 예로 들었다. 영화에서 공드리의 고모는 사기가 찍히는 대상이면서 조카가 찍는 영화이니 결과물이 잘 나오기를 바란다. 최선을 다해 협조하려 하지만, 마지막에 고모도 예상하지 못한 공드리의 의도가 드러나면서 영화적 순간을 맞이한다. 의도의 성격이나 영화의 내용은 달라도 영화 촬영 자체가 삶의 계기가 된다는 점 자체를 〈마음의 가시〉에서 참조하고 싶었다. 그러니까 이번 촬영은 아버지하고 협력하되 감독으로서 내 의도가 서서히 스며드는 방식이어야 했다.

영화의 성격을 둘러싼 논쟁이 몇 번 오가다가 결국 〈트루먼 쇼〉처럼 촬영하기로 했다. 아버지하고 소통하는 방식보다는 아버지를 속이는 방식이 진행하기가 더 쉽다고 봤다. 아버지의 치매 증상을 마주하고 몇 날 며칠을 헤맨 기억을 되짚어 보면서, 이제 20대 후반에서 30대 초반인 스태프들에게 무작정 이해를 구할 수 없었다.

머릿속에서 영화의 콘티를 떠올렸다. 화면 속에는 능숙하게 미장 기술을 선보이는 아버지의 모습이 가장 먼저 보였다. 벽돌을 차곡차곡 쌓고, 줄눈을 긋고, 시멘트를 펴 바른다. 그런 행위의 배경에는 공사장과 펄럭이는 분양 현수막이 보인다.

그 장면이 주는 첫 느낌은 긴장감이었다. 한 노동자가 평생에 걸쳐 만진 벽돌과 시멘트, 모래가 만들어내는 재개발이라는 세계상이 한 노동자의 구체적인 노동에 겹쳐진다. 지난날 벽돌, 시멘트, 모

〈1포 10kg 100개의 생애〉 스틸 컷.

레가 만들어낸 번영한 세상을 아버지는 자랑스러워했다. 수출 입국이니 산업 역군이니 하는 말들이 괜한 인사치레가 아니라 자부심의 원천이 됐다. 어머니가 서울 시내에 있는 어느 기반 시설을 가리키면서 아빠가 만들었다고 알려주던 철 지난 기억이 떠올랐다.

어느 순간부터 벽돌, 시멘트, 모래가 만들어내는 세상은 번영이 아니라 지옥을 가져왔다. 재개발은 아버지 같은 사람들을 쫓아냈고, 재건축된 건물은 아버지 같은 사람이 다시는 들어갈 수 없을 정도로 비쌌다. 그러므로 아버지가 한평생을 매만진 재료들이 아버지를 배제하게 됐다. 존재 이유를 얻는 것도 시멘트였고, 존재를 상실시키는 것도 시멘트였다.

아버지와 나의 노동 행위가 작업실 옥상 풍경하고 겹쳐지는 이야기는 콘크리트로 빚어낸 한국 사회에 관한 비판적 알레고리가 될 수 있지 않을까? 이 기획 의도를 영화에 드러낼 방식을 고민했다.

촬영을 하루 앞두고 다시 옥상에 올랐다. 공기가 차가웠다. 바람이 세찼다. 아버지와 스태프들은 춥지 않을까. 시멘트와 모래를 섞는 물이 얼어붙지 않을까. 추위에 몸이 굳어서 다치지나 않을까. 내일 모두 이 추위를 견뎌야 했다. 아버지의 '역량'과 스태프들의 '분업'이 추위 속에서 하나의 작품이 돼야 했다.

〈1포 10kg 100개의 생애〉로 제목을 정했다. 시멘트 1포, 모래 10킬로그램, 벽돌 100개의 재료를 앞에 두고 노동의 몸짓으로 한 생애가 드러난다는 아이디어에서 착안했다. 아버지가 애정한 만큼 인정을 돌려주지 않은 시멘트. 저 인정머리 없는 시멘트가 아버지를 위한 시멘트로 바뀔 수 있을까? 내일이면 이 질문에 답할 수 있을지도 모른다.

20대 내내 아버지를 돌보다가 30대에는 어머니까지 돌보게 되는 상상을 자주 했다. 이혼 뒤 어머니는 하루 벌어 하루 먹고사는 수준이었고, 건강은 챙기고 싶어도 챙길 수 없었다. 거기에 같이 사는 여동생이 2년 넘게 취업을 하지 못했다. 자리잡기가 기약이 없었다. 이런 와중에 나는 늘 피하고 싶은 미래라고 생각하면서 부모 돌봄을 상상했다. 일이 벌어지고야 말았다. 상상 이상이었다.

월요일. 어머니가 발목이 부러졌다. 출근길에 다쳤다. 당연히 출퇴근 산재로 처리되는 상황이었는데, 상대가 대형 건설사 하청 업체였다. 산재를 절대 해주지 않기로 유명한 대형 건설사 앞에서 자기들 목숨도 위태로운 하청 업체는 산재 처리는 절대 안 된다며 완강하게 버텼다. 그 일을 처리하느라 서울과 평택을 몇 번이나 오갔다.

화요일. 키우던 강아지가 장염에 걸렸다. 개한테 좋다는 말을 듣고 저녁 삼아 먹던 순대 내장을 조금 나눠줬다. 그게 탈이었다. 밤새 캑캑거리며 토하고 물총 쏘듯 설사를 했다. 처음에는 낑낑거리더니 나중에는 소리도 못 내고 토하고 설사하고 또 토했다. 더러워진 바닥을 닦으며 강아지 상태를 지켜보느라 밤을 지새웠다. 아침이 되자 급히 동물병원으로 향했다.

수요일. 저녁에는 좀 쉬어야지 했는데, 동생이 공황 발작을 일으켰다. 급히 응급실로 달려갔다. 가뜩이나 취업이 안 되고 공과금도 못 내서 속상한데, 어머니 일을 같이 처리하다가 파도처럼 밀려드는 불안과 스트레스에 그대로 떠밀려갔다.

그 주는 한숨도 잠을 자지 못했다. 모든 일에서 내가 유일한 보호자였다. 그래도 이동하는 시간을 쪼개 글을 고치고 다큐멘터리 기획안을 검토하려 했다. 작업이 손에 잡히지 않았다. 그럴수록 더 초조해지기만 했다.

스트레스가 절정에 다다를 때 잊고 있던 기억이 떠올랐다. 이런 위기 상황에서 그동안 하던 일이나 일상을 포기하지 않으려 하면 오히려 고통만 더해진다는 사실이었다. 몇 번을 겪는데도 여전히 보호자는 적응하기 힘들었다. 모든 일을 중단하기로 했다. 원고 마감을 한 달 정도 미뤘다. 같이 작업하는 기획단에도 사정을 알렸다. 마음이 가벼워졌다.

에필로그

아버지의 현재와 나의 미래

지금 아버지는 부천에 자리한 어느 종합 병원에 입원해 있다. 아버지 앞으로 생계 급여 20만 2320원이 나온다. 그 돈으로 병원 생활에 필요한 생필품, 담배, 커피, 밑반찬을 산다. 아버지에게 병원은 수용소 같은 밀실이면서 비슷한 연령과 처지인 사람들을 만나는 광장이다. 나는 일주일에 한 번 아버지를 만나러 간다.

아버지가 화상을 입은 뒤 병원에 1년 반 정도 입원해 있는 동안, 나는 많은 작업을 했다. 하고 싶은 작업을 몰아서 할 수 있었다. 이유는 두 가지였다. 아버지가 병원에서 '관리'되고 있을 때가 아니면 작업을 하지 못한다는 조바심이 있었다. 또한 열심히 하면 프리랜서지만 지속적이고 안정된 수익 구조를 만들 수 있지 않을까 하는 막연한 기대였다. 하여튼 작업은 늘 괴로움 끝에 성취가 찾아오는데, 아버지가 병원에 머무는 동안은 살면서 가장 자주 성취감을 느낀 시간이었다.

아버지는 병원을 나가고 싶어했다. 1년 반쯤 지나니 퇴원은 포기하고 체념하듯 병원 생활을 한다. 나는 아버지가 계속 병원에 머물기를 바라지 않는다. 아직 할 수 있는 일들이 많다고 생각하기 때문이다. 더 나은 삶을 살아볼 기회는 여전히 남아 있다. 병원 밖의 삶을 실행에 옮기지 못하는 이유는 분명하다. 돌봄이 형벌이 되지 않을 마땅한 계획이 없다. 아버지에게 또다시 사고가 터지면 시간적으로, 금전적으로, 심리적으로 내가 해결하고 감당할 수 있을지 모르겠다. 여전히 모든 일을 혼자 감당해야 하는 현실은 바뀌지 않았다.

아버지의 현재와 나의 미래는 양립할 수 있을까? 아버지의 현재는 겨우 관리되고 처리되는 수준이다. 아버지가 바라는 대로 '움직거리고, 사람들 만나고, 혈액 순환 잘되게 술도 한잔하고, 배부르게 고기 먹고, 일하면서 살'려면 많은 것들이 필요하다. 사고 위험이 없는 안전한 생활 환경, 움직이며 살아갈 수 있는 소일거리, 아버지 상태를 알고 있는 사람들의 관계망, 삼시 세끼 먹을 밥 등 기본만 생각해도 쉽지 않다. 거기에 무슨 일이 생기면 열 일 제치고 바로 달려가야 하니, 보호자인 나는 24시간 대기 상태에 있어야 한다.

나는 내 미래의 진로를 위해 아버지의 삶을 뒤로 미뤄둔다. 한 예술 장르에 갇히지 않고 다양한 시도와 실험을 하고 싶다. 다양한 창작 환경과 교육을 경험하고 싶고, 해외 레지던시에 입주해서 여러 국적의 아티스트와 기획자들을 만나 교류하고 싶다. 비슷한 분야의 일을 하는 직장에 들어갈 수도 있겠지만, 지금은 지금 할 수 있는 한 최선을 다하고 싶다. 모든 것이 '하고 싶다'는 희망 사항이듯 언제 무너져도 이상하지 않다는 사실을 잘 알고 있다. 아버지와 나, 아무도 희생하거나 배제되지 않는 삶은 그저 내 고집일 뿐일까?

무력감에서 희망의 근거로

글을 쓰는 내내 생생하게 다가온 감정은 제도 앞에서 느끼는 무력감이다. 중환자실에 입원해야 하는데 연대 보증인을 구하지 못해 애태운 일이 특히 기억에 남는다. 조금만 늦으면 거기서 끝이었다. 입원 연대 보증인 제도는 나처럼 만 24세가 되지 못한 보호자 문제하고 함께 보호자가 없는 사람들에게도 차별이 된다. 국민권익위원회가 공공 병원 55개, 지역 민간 종합 병원 63개를 대상으로 실태 조사를 하니 72퍼센트인 85개 병원이 입원 약정서에 연대 보증인 기입란을 두고 있었다. 보건복지부는 권익위가 제도를 바꾸라고 권고하자 공문을 보내 이렇게 말했다. "연대 보증인을 세우지 않았다는 이유로 환자에게 입원과 진료 불가를 통보할 경우 의료법상 진료 거부에 해당한다." 몇몇 병원이 연대 보증인 제도를 폐지했다고 하지만, 아직 법으로 강제하지는 않는다.•

아버지가 기초 생활 수급자가 되지 않았다면 지금처럼 병원에 들어가 생계 급여로 살아가는 미봉책도 불가능했다. 기초 생활 보장 제도의 부양 의무자 기준은 형벌이면서 낙인이다. 부양 의무자 기준 때문에 수급 신청자는 물론 경제적 부양을 하게 되는 부양 의무자도 가난해질 수 있다. 부양 의무자 기준을 폐지하라는 목소리에 더해 가족 해체라는 시대 흐름이 부양 의무자 전면 폐지를 이끌어냈다. 박능후 보건복지부 장관은 2020년에 '제3차 기초생활보

• 김상기, 〈'진료비 연대보증인' 없앤 입원약정서 속속 도입하는 병원들〉, 《라포르시안》 2018년 2월 26일.

장 종합계획(2021~2023년)'에 부양 의무자 기준 진면 폐지를 담는다고 약속했다. 나를 곤란하게 하고 무력하게 만든 두 제도가 폐지를 앞두고 있다. 더불어 '문재인 케어'는 건강보험 보장성을 현재 63퍼센트에서 2022년까지 70퍼센트로 높이겠다고 한다. 나이들고 아파도 살고 싶은 동네에서 살 수 있는 '커뮤니티 케어' 논의가 활발하고, 보육이나 장기 요양 등 국가가 직접 사회 서비스를 제공하는 '사회서비스원'이 이제 막 선보였다. 서울시는 긴급 간병이나 외출 도움 등 긴급 돌봄 서비스를 제공하는 '돌봄 SOS센터'를 만들었다. '치매안심센터', '치매안심마을', '인지건강디자인', '고령 친화 도시' 등 몸이 아프거나 인지 능력이 불안해도 병원이나 시설이 아니라 동네에서 잘 살아갈 수 있는 환경을 만드는 제도와 아이디어도 많이 나온다. 아직 겪어보기 전이지만, 있으나마나 할지도 모르지만, 상황이 더 나아지리라는 기대가 생길 수밖에 없다. 어쩌면 아버지의 현재와 내 미래가 양립 가능할 수도 있겠다.

돌봄의 제도화를 기대하기 힘들 때 해외 사례를 보면서 스트레스를 받았다. 이 나라에서는 불가능하다는 체념 때문이었다. 정부와 몇몇 지자체의 '의지'라도 확인하고 나니 이제 해외 사례는 희망의 근거가 된다.

일본 정부와 지자체는 초기 치매에 관련된 다양한 활동을 벌이고 있다. 일본에서는 2004년부터 '어리석다'는 뜻을 지닌 '치매' 대신 '인지증'이라는 용어를 쓴다. '인지증 환자' 대신 '인지증 당사자'로 부르자는 주장도 나온다. 65세 이하 장년층 인지증 당사자들이 매주 금요일 저녁 지역 아동들에게 무료로 저녁을 주는 활동을 한다. 데이케어센터 직원들의 도움을 받아 메뉴 정하기, 장보기, 재료 다듬기, 조리를 한다. 장년층 인지증 당사자들은 80세 이상 노년층에 견줘 아직 체력이 괜찮아 다른 사람에게 도움을 주고 돈도 벌고 싶어한다. 때때로 작고 황당한 실수들이 이어지지만, 인지증 당사자를 잘 이해하는 직원들 덕에 쉽게 문제를 해결한다.●

이런 모습은 아버지가 위험 부담이 크고 더는 어떤 효용도 없는 존재로 취급받던 지난 기억에 뚜렷이 대비된다. 인지증 당사자가 지닌 다양한 욕구를 뭉뚱그려서 한번에 '처리'하지 않는 섬세함이 눈에 띈다. 당사자들의 이런저런 욕구를 포착한 지자체가 나서서 민간과 행정이 문제를 해결하는 과정에 함께하는 모습도 흥미롭다.

네덜란드에 있는 호헤베이크 마을은 2009년에 완공된 치매 노인 요양 시설이다. 이곳에는 중증 치매 노인 169명이 모여 산다. 벽돌 담장에 둘러싸여 있기는 하지만 치매 노인들은 '환자'가 아니라 '거주자'로 불린다. 거주자의 취향에 따라 생활 양식을 고를 수 있고, 음식, 음악, 꽃 등 문화적 취향과 감각을 존중받는다. 혼자 산책하다가 길을 잃는 거주자를 돕는 직원도 170여 명 상주한다. 이 마

● 조기원, 〈"치매 걸려도 같은 사람"…이웃 도우며 함께 살 수 있어〉, 《한겨레》 2019년 2월 10일.

올에서 생활하는 비용이 적지는 않지만, 든든한 장기 요양 보험과 노령 연금 덕에 개인이 많은 부담을 지지는 않는다.●

호헤베이크 마을하고 비슷한 곳이 한국에도 있기는 하다. 국민건강보험공단이 268억 원을 들여 지은 서울요양원이다. 입소자가 앓는 질환의 종류나 증상의 정도에 따라 병실을 분리하고, 각 병실을 '마을'로 부른다. 개인에게 맞는 맞춤 돌봄을 제공하고, 건강 상태나 개별적인 요구에 따라 식단을 달리한다. 그렇지만 입소를 기다리는 대기자가 1313명이다.●● 수요에 견줘 시설이 턱없이 부족하다.

호헤베이크 마을처럼 치매 당사자가 길을 잃은 때 누군가 나서서 도와주는 제도가 있으면 좋지 않을까? 치매 당사자의 위치를 추적할 수 있는 기기인 배회 감지기를 경찰에서 공짜로 나눠준다고 한다. 그렇지만 그런 공짜 기계도 다른 가족이 찾으러 가는 수밖에 없다. 일을 해야 하는 상황이면 공짜로 줘도 받기 힘들다.

가벼운 도움을 받아 해결할 수 있다면 도움을 줄 이웃들이 필요하다. 2016년 서울시는 인지 건강 디자인 적용 주택과 아파트 시범사업에서 독특한 아이디어를 선보였다. "동네의 터줏대감인 슈퍼나 부동산 점포를 '반장'으로 지정해 길 잃을 가능성이 있는 어르신이 어려움을 겪을 때 도움을 주도록 했다. 반장인 점포 앞에는 색깔 있는 표지판을 설치했다."●●● 이 아이디어는 지금 진행되는 커뮤니티 케어 관련 논의에서 전달 체계를 세우고, 재원을 마련하고, 가까운 곳에서 의료와 돌봄을 제공하는 문제만큼이나 중요하다. 현실에서 벌어질 수 있는 위험을 공동체를 거쳐 해결할 방법을 논의해야 한다.

문제를 구체화하려면 돌봄자 또는 보호자의 목소리에 귀기울여야 한다. 영국에 '케어러 유케이$^{Carers\ UK}$'라는 단체가 있다. 케어러 유케이는 돌봄을 받는 대상자의 유형이나 관계, 결혼 여부, 성별에 상관없이 보호자들을 '돌봄자'라는 정체성으로 묶어 하나의 정책 대안을 내놓는다. 이 단체는 돌봄자의 욕구를 지방 정부 차원에서 제도화하는 데 크게 기여했다. 돌봄자들이 직접 정보와 지식을 공유하는 네트워크도 형성돼 있다.●●●● 돌봄자를 하나의 '정체성'으로 파악하고 차이점만큼이나 공통점을 드러내어 현실에서 겪는 일을 관련해 대안을 마련할 수 있는 단체가 필요하다.

베이비 붐 세대와 돌봄 문제

가난한 한부모 가정에서 자라 사회적 위기에 취약한 탓에 나를 노인 돌봄에 관해 통찰하거나 고령화 시대의 보편적인 삶의 방식을

● 황예랑, 〈마트 가고 펍 가는 치매노인…여기는 '병원' 아닌 '마을'이에요〉, 《한겨레》 2018년 11월 2일.

●● 권지담·이주빈, 〈기저귀 하루 7번 교체, 욕창없는 요양원…그러나 대기 노인만 1313명〉, 《한겨레》 2019년 6월 5일.

●●● 최우리, 〈똑같은 집에 '인지건강디자인' 입혀보니…어르신들 "만족"〉, 《한겨레》 2016년 11월 1일.

●●●● 양난주, 〈가족 돌봄 지원, 영국 돌봄자 운동을 보라〉, 《프레시안》 2016년 6월 9일.

먼지 경험한 사람으로 취급하는 시각은 말이 안 된다. 그렇다고 해서 아예 공통점이 없지는 않다. 돌봄 문제의 시작은 다르지만, 돌봄 위기를 푸는 해법은 같을 수도 있기 때문이다.

아버지는 50대다. 1961년생이니 베이비 붐 세대다. 내게 베이비 부머의 초상은 국가의 관료, 기관의 대표, 대학 교수, 기업 임원이나 관리자 등이다. 사회 기득권층의 표상인 셈이다. 한국금융연구원이 2013년에 발표한 자료에 따르면 700만 베이비 부머의 평균 자산은 3억 9000만 원이다. 그중 현금은 6000만 원이고, 부동산, 특히 아파트 자산이 3억 3000만 원이다. 웬만큼 살던 중산층도 은퇴하면 현금 없이 아파트 한 채만 달랑 남는다. 풍요 속의 빈곤이다. 베이비 부머는 경제 성장의 과실을 누린 세대이면서 기형적인 자산 형태 때문에 노후 빈곤을 걱정하는 세대다. 지금 돌봄을 책임지고 있지만 곧 돌봄을 받아야 한다.

나는 어디에서도 아버지를 발견할 수 없었다. 내가 그린 베이비 부머의 초상에도, 베이비 부머를 향한 호명에도 아버지는 없었다. 서울시 양천구에서 시행하는 '나비남' 프로젝트는 사회적으로 잘 호명되지 않는 50대에 주목한다(나비남은 '나는 혼자가 아니다'라는 뜻을 담고 있다).

2016년 서울시복지재단이 발표한 자료에 따르면 전체 고독사 사건 162건 중 남성이 137건이고, 그중 58건이 50대였다. 양천구가 2017년에 40일 동안 양천구 전체 가구를 대상으로 조사를 해보니 생계, 주거, 건강, 일자리, 정신 건강, 가족 관계 등에서 2~3개 이상의 문제를 지닌 고위험군과 중위험군이 96가구였다. 양천구청은 먼저 '나비남 멘토단'을 꾸려 동네 반장이나 친구를 조력자로 이어줬다. 복지 기관, 의료 기관, 소방서, 경찰서 등을 연결해 안전망을 구축했고, 일자리 문제와 금융 상담을 전담하는 '50 스타트지원센터'도 만들었다.• 노인과 여성 관련 복지 정책에서 배제되는 중장년 빈곤층에 맞춘 정책이었다.

가난한 중장년 남성에게는 실직자, 채무자, 중독자, 무연고자 같은 단어가 따라붙는다. 국제통화기금^IMF 사태의 여파로 몰락한 가장들의 모습, 그리고 그 가장들을 부르는 호칭이 아버지를 사회적으로 들여다볼 수 있는 열쇠다. 너무 빨리 돌봄이 필요한 상태가 된 사람들이었다. 중장년 남성의 경제적 몰락이 사회적 소외와 정서적 몰락으로 이어진 과정에는 성별 역할 규범이 강하게 작동한다. 전통적인 가장의 구실을 제대로 수행하지 못한다는 좌절과 우울이 높은 자살률에 큰 영향을 미친다.•• 아버지를 중심에 두고 돌봄이라는 열쇠말을 파고들면 성별 역할 규범을 강화하는 가부장제를 만나게 된다.

돌봄과 성별 역할 규범, 50대라는 키워드를 강렬하게 만난 경험

• 김경년, 〈50대 여성 구청장은 왜 50대남 고독사를 걱정하나〉, 《오마이뉴스》 2017년 4월 4일.

•• 석재은·장은진, 〈한국 사회 남성 중고령 가장의 딜레마〉, 《한국여성학》 33권 3호, 2017.

은 또 찾아왔다. '대한민국 요양보고서'라는 탐사 보도 시리즈 속에 등장하는 중장년 여성 요양보호사들은 돌봄 노동으로 임금을 벌면서도 자녀를 돌보고, 손주를 키우고, 집안일까지 책임진다. 노후에도 가사와 돌봄의 굴레를 벗어나지 못하고, 저임금 고강도 노동에 시달린다. 사회 전체가 돌봐야 할 노인과 아이들을 중장년 여성 요양보호사들이 돌본다면 우리 사회는 이 사람들을 먼저 돌봐야 한다.•

돌봄이라는 열쇠말을 거쳐 가닿은 베이비 부머의 모습은 사회적으로 어젠다를 만들고 정치력을 발휘할 수 있는 상황이 아니었다. 요양 기관에서는 저임금에 시달리고 가정에서는 공짜 돌봄을 수행하는 중장년 여성, 경제적 몰락과 사회적 고립에 떠밀려 스스로 목숨을 끊는 중장년 남성을 마주해야 했다. 우리 사회에서 가부장제의 성별 역할 규범이 얼마나 강하게 작동하는지 알 수 있었다.

모든 사회 구성원이 돌봄을 논의하자

우리는 돌봄에 더해 성별 역할 규범을 이야기해야 한다. 성별 역할 규범을 강화하는 가족주의적 가치에도 맞서야 한다. 사회학자 장경섭이 한 말처럼 한국은 가족 의존적이고 착취적인 경제 사회 체제 덕에 압축적 발전을 할 수 있었다.

우리는 개인이 아니라 가족을 책임과 자유의 기본 단위로 여겼다. 여성의 노동은 공짜로 쓰였고, 폭력이 만연했다. 가족은 사적 영역으로 존중받기보다는 가족이라는 외피만 남은 채 내부는 빈 영역이나 마찬가지로 취급됐다. 차라리 가족 내부를 터부시하고 신경쓰지 않는 편이었다고 해야겠다.

가족이라는 공동체에서 가장 큰 문제는 폭력이다. 성별 역할 규범은 남편이 아내에게 폭력을 휘두르는 근거이기도 했다. 대부분의 남성은 여자답지 않다거나 여자가 해야 할 구실을 제대로 하지 못한다면서 폭력을 휘둘렀다. 가족 안에서 돌봄 문제는 언제나 폭력과 위해를 곁에 두고 있었다.

아이, 노인, 장애인 등 경제적, 신체적, 정서적 약자는 보호자가 처지를 비관해 자살하거나 간병 스트레스 때문에 살해를 할 때 생사를 결정할 선택권이 없다. 당연한 말이지만 사람이라면 스스로 삶과 죽음을 선택할 수 있어야 한다. 그 선택을 가로막는 가장 큰 걸림돌이자 폭력의 온상지가 가족이다. 나도 지난날 최악의 상황이라고 느낄 때 아버지의 생사 선택권을 빼앗는 장면을 상상했고, 가족인 아버지에게 폭력적인 모습을 자주 보였다.

2011년 다보스 포럼에서 스웨덴 역사학자 라르스 트래고드와 헨린 베리그랜은 '스웨덴식 사랑 이론'을 제안했다. 가족 내부의 돌

● 권지담, 〈젊고 멀쩡한 사람이 왜? 편견에 두 번 우는 요양보호사〉, 《한겨레》 2019년 6월 7일.

봄과 폭력 문제를 해결하자는 아이디어였다. "이 이론은 진정한 인간관계는 서로에게 의존하지 않고 불평등한 권력 관계에 놓이지 않는 개인들 사이에서만 가능하며, 서로 의존적이고 굴욕을 강요하는 권력 관계가 존재하는 한 진정한 사랑은 불가능하다. ...... 국가는 이런 굴욕감에서 개인을 해방시킬 의무가 있다."• 돌봄이 근본적으로 안고 있는 권력 관계라는 문제를 해결할 복지 정책이 마련돼야 개인의 선택권과 폭력의 문제가 해결된다.

《간병살인》에 관련해 이야기한 '간병할 자유'에 담긴 기본 관점 또한 스웨덴식 사랑 이론하고 크게 다르지 않다. 간병과 돌봄은 '어쩔 수 없이' 해야 하는 강제 규정이 아니라 선택 사항이 돼야 한다. 선택할 수 있는 자유의 영역이 될 때만 간병과 돌봄은 진정한 사랑의 영역이 된다. 가족이 아니라 개인을 기본 단위로 존중하는 변화는 돌봄이 필요한 사람과 돌봄을 하는 사람에게 모두 중요하다.

구태여 사회적 돌봄이라는 말을 쓰지 않더라도 돌봄은 사회적 활동이다. 돌봄은 국가와 사회의 책무이며, '시민-되기'의 한 속성이다. 돌봄은 함께 더불어 살아가려는 강력한 '의지'이기 때문이다. 페미니스트 정치 철학자 오카노 야요는 말한다. "돌봄이나 육아는 이성적으로 생각하고, 다음 단계를 밟고, 상대를 배려하면서 움직인다." 생각지도 못한 일이 벌어지기도 하고, 어린아이는 쑥쑥 자라 변화하기 때문이다. 야요는 이 관계야말로 '인간 사회의 소중한 정치 행위'라고 강조한다. 돌봄은 '약자에게 위해를 가하지 않겠다는 강력한 윤리'이기도 하다.** 그러므로 돌보는 자를 동등한 시민으로 존중해야 하고, 돌봄 행위 자체가 지닌 시민적 덕목을 이해해야 한다. 이런 관점이 국가가 돌봄에 재정을 투입하는 바탕이 돼야 한다. 가족 돌봄 또는 친지 돌봄은 국가와 사회가 해야 할 일정한 몫을 시민으로서 대신하는 행위라서 그렇다. 시설과 인력과 체계를 갖추고 늘리는 데 들어가는 비용을 덜어주기 때문이다.

생애 주기상 돌봄에 가장 가까운 중장년과 노년이 정치력을 발휘할 때라는 말은 언뜻 보면 맞다. 그렇지만 나는 돌봄을 재현하는 방식이 한 세대에 국한되지 않기를 바란다. 좀 우습게 들릴 수도 있지만, 나는 청년으로서 돌봄을 수행하거나 돌봄을 말할 때 소외감이 든다. 사람들이 나를 두고 대견하다거나 효자라는 말밖에 안 하는 지금이 속상하다. 이제 더는 그런 소외를 겪고 싶지 않고, 효자라는 호명을 듣고 싶지도 않다. 나 또한 동등한 시민으로서 정치력을 발휘하려 한다.

돌봄을 이야기해야 하는 주체는 우리 사회의 모든 구성원이다. 돌봄을 논의하는 주체로 중장년층만을 내세우는 현실을 의심해야 한다. 중장년기에 부모 부양이 배치된 일반적인 생애 주기에는 명백하게 가족주의가 포함돼 있다. 모든 세대가 돌봄을 이야기하고 고

● 김희경, 《이상한 정상가족》, 동아시아, 2017년, 219쪽.
●● 오모리 준코, 〈'돌봄'은 강력한 이성의 영역이자 관계의 정치〉, 《일다》 2018년 7월 30일.

민할 수 있는 조건을 만들어야 한다. 내가 쓴 글이 그런 이야기를 시작할 수 있는 발판이 된다면 바랄 게 없겠다.